AMOUR

ET

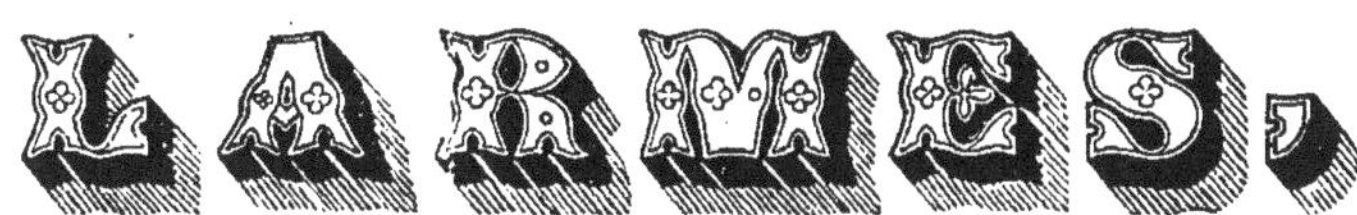

ESSAIS POÉTIQUES

PAR ÉDOUARD BRICON.

DEUXIÈME ÉDITION.

PARIS.

HYVERT,	LAGNY,
55, QUAI DES AUGUSTINS.	1, RUE BOURBON-LE-CHATEAU.

1842

AMOUR ET LARMES.

IMPRIMÉ PAR BÉTHUNE ET PLON, A PARIS.

AMOUR

ET

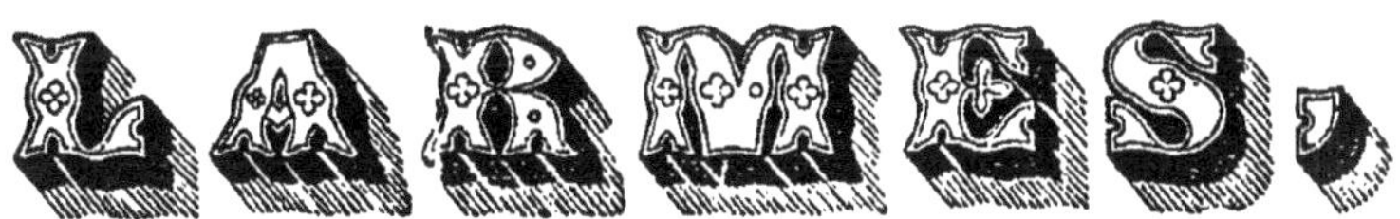

ESSAIS POÉTIQUES

PAR ÉDOUARD BRICON.

DEUXIÈME ÉDITION.

PARIS.

HYVERT, 55, QUAI DES AUGUSTINS. | LAGNY, 1, RUE BOURBON-LE-CHATEAU.

1842.

PRÉFACE.

Qui n'a pas fait ou cru faire des vers? qui n'a pas senti battre son cœur de sympathie à la première lecture d'Ossian, de Millevoie, de Lamartine? qui n'a pas envié Racine? qui n'a pas voulu retracer dans le langage de ces grands hommes, les premières, les plus fortes émotions de l'âme?

C'est dans une de ces émotions, que je n'ose apppeler de l'inspiration, que je débutai dans la carrière poétique. Mes premiers essais obtinrent les éloges de mes amis. Un jugement sévère m'eût sans doute détourné d'une voie que je suivais avec délices, quand le sort m'en éloigna.

La fortune, ou plutôt l'infortune, m'a jeté dans une vie laborieuse, aussi positive et ennuyeuse qu'une addition, où tous les dieux de l'Olympe n'eussent pu vivre plus d'un jour. Aussi les muses s'éloignèrent-elles de moi comme de tout ce qui cesse d'être heureux et libre.

Cependant le génie qui m'avait souri à l'aurore de mon printemps m'agitait comme un souvenir importum; puis je pleurais sur mon destin, et mes pleurs coulaient jusqu'à ce que ma douleur se fût épanchée dans des vers imparfaits ou une prose brûlante.

J'ai détruit une grande partie de ces courtes productions, qui sont longues pourtant, en considérant le peu de temps que je pouvais leur accorder. Celles que je livre à l'impression devaient subir le même sort, si, cédant à l'enthousiasme que j'éprouvai à la lecture des *Harmonies religieuses*, je n'eusse adressé à leur auteur des vers qui furent assez bien accueillis pour m'enhardir à lui soumettre ce qui me restait des rêves de mon imagination. Son jugement plus qu'indulgent me détermina à publier, quoique imparfaites, quelques-unes de mes pièces fugitives ; elles étaient faites pour ma consolation, et les consolations du cœur ne sont sujettes à aucune règle.

L'âme sensible est l'écho des grandes douleurs. Celles de l'innocence ont toujours vivement touché mon cœur. Je puis refuser un sourire aux joies de ce monde ; mais j'ai toujours une larme pour le malheur ! Mon âme est tout entière dans mes vers : c'est dire assez qu'elle fut abusée par les hommes. S'il n'y prend garde, celui qui entre dans le monde avec tous les désirs, toute la droiture d'un cœur sensible et pur, sera bientôt la victime de toutes les intrigues ; bientôt finiront toutes ses illusions, et il ne lui restera que la douleur d'avoir aimé. Qu'il sache bien si l'âme à laquelle il s'adresse est en état de comprendre son âme. Les feux qui le consument, l'honneur qui le guide, le dévouement qui l'entraîne, ne lui vaudront pas un soupir de l'objet pour qui sont tous les siens ! Il est des cœurs de marbre que rien ne peut émouvoir, des âmes de fer que rien ne peut fléchir ! Laissez ces êtres incapables d'un sentiment généreux, avec le bonheur matériel qu'ils vont chercher dans la boue en se *mondanisant*[1]. Jeune homme, ce n'est pas pour eux que Dieu a donné la sensibilité à ton cœur, l'inspiration à ton génie ! Victime des intrigues des hommes, ne crois pas que le poète, comme les esprits vulgaires, cherche des consolations dans la vengeance ; il n'en trouve qu'en sa douleur. Et souvent dans la solitude, il offre son silence comme un dernier tribut au cœur qu'il sut aimer !

J'ai souvent regretté le calme d'indifférence dont jouissent quelques âmes sèches, qui ne ressentent que la douleur matérielle, et pour qui Pégase est rétif. Les voyages que j'ai faits sur ses ailes, m'ont porté dans des régions brûlantes où l'âme s'use avec délices à la recherche de l'expression puissante de douces et hautes pensées. Mais le temps fuit pour moi avec plus de rapidité que pour ces êtres, dirai-je encore privilégiés? qui, nés seulement pour vivre, ne savent ni comprendre ni sentir : qui, incapables de souffrir, ne sont point faits pour jouir. Si c'est un privilége, ah! je ne l'envie plus! Dussé-je, consumé par mes propres ardeurs, passer du printemps à l'hiver de mes ans, je chérirais encore ce sentiment qui me rattache à toutes les grandes douleurs; cette âme qui, sans cesse occupée de l'avenir, l'embellit de tout ce que la terre a de vertus, de tout ce que le ciel a de félicités! Une larme dans le sein de l'amitié, une prière au pied de l'autel, un soupir de l'amour, un vœu pour l'avenir, une foi sans nuage, une aumône au malheureux, une vie sans reproche : où sont les biens qui remplacent ces trésors, et qu'au prix de mes jours j'achète sans regret?

La solitude, le silence, la nuit, voilà ce qui m'inspire! l'amour et l'amitié, ce sont là mes tourments! Dieu, la religion et la foi, voilà ce qui me console! l'injustice, voilà ma colère! la mélancolie, voilà mon élément! la douleur, voilà toute ma vie! Ne cherchez pas autre chose dans les fragments que j'abandonne comme une consolation à ceux qui pleurent. Ce n'est pas pour la gloire, ce n'est pas pour l'indifférence, ce n'est pas pour le bonheur qu'ils furent écrits; mon cœur et l'amour les ont dictés pour la douleur!

Nota. En publiant cette seconde édition, je dois remercier les personnes qui ont bien voulu parler de la première. J'offre donc ici l'expression de ma gratitude à celles qui ont accordé quelques éloges à mes petites poésies, et à celles qui m'ont fait des observations bienveillantes. Ces dernières verront qu'en me corrigeant autant qu'il m'a été possible, j'ai mis à profit leur sage critique : j'ai beaucoup ajouté, et beaucoup effacé.

AMOUR ET LARMES,

VARIÉTÉS POÉTIQUES.

LE VIEUX PAUVRE.

Je pleure, et vous chantez. Que ma vie est amère!
Couvert par des haillons, peut-être avant demain,
Si vous ne venez pas soulager ma misère,
Hélas! je serai mort et de froid et de faim!

Riches, que me faut-il? Quand je vais à la ville,
Je ne demande point l'argent de vos plaisirs;
Un tapis de vos pieds, quand il n'est plus utile;
Le pain que vous jetez, voilà tous mes désirs!

Vous n'avez pas le temps de penser à mes larmes!
Et les heures pourtant, pour vous comme pour moi,
Pour l'élu du bonheur, pour l'enfant des alarmes,
Pour le bien, pour le mal, suivent la même loi.

Ma voix de vos plaisirs trouble la jouissance!
Venez pour soulager ma pénible douleur;
Vous saurez que l'instant qu'on donne à l'indigence
Est pris par la vertu sur les jours du bonheur.

Vous avez des trésors, je n'ai que l'infortune.
Je n'ai que le passé, pour vous est l'avenir.
Ah! pour nous rendre égaux!.. Mais je vous importune;
Ne donnez qu'une obole, et je vais vous bénir!

Les cieux ont des flambeaux pour une nuit obscure,
Le matin a des pleurs contre les feux du jour;
L'homme n'a rien pour l'homme; et seul dans la nature
Le pauvre a sa misère, et n'a rien en retour!

Il n'a rien... Ah! Seigneur, j'outrage ta justice!
S'ils ne sont pas pour lui, tu combles tous ses vœux:
Quand il est dédaigné, tu lui deviens propice;
Son cœur est ton palais quand tu descends des cieux.

Chantez donc, inhumains! chantez, chantez encore!
J'aime mieux ma douleur, j'aime mieux mon ennui
Que vos bruyants plaisirs, faux bonheur d'une aurore.
Le pauvre doit mourir, et le ciel est pour lui!

AUX

MANES D'HIPPOLYTE.

Le Seigneur nous créant au trépas nous convie,
Et les vers du tombeau semblent compter nos jours.
Dans le cœur jeune encor d'une innocente vie,
Il a soufflé la mort; et déjà, pour toujours,
Hippolyte au soleil a fermé sa paupière.
Il n'entend pas, hélas! mes sanglots superflus!
Mais il entend encor mes vœux et ma prière;
La prière est l'encens de ceux qui ne sont plus.

A tes derniers instants, ô mon cher Hippolyte!
Aucun ami, dit-on, ne te ferma les yeux :
Si j'avais su ton mal, ah! sans que l'on m'invite,
J'aurais vu ta douleur et ton vol vers les cieux!

Je t'aurais soulagé dans ta vive souffrance.
Peut-être que la mort, reculant devant moi,
T'eût laissé quelques jours d'une fausse espérance;
Et te cachant mes pleurs, j'aurais prié pour toi!

Cher ami, maintenant ombre de ma pensée,
Ame loin de l'exil, que pourtant je crois voir,
Apparais quelquefois à mon âme oppressée.
Passe, quand sur ta tombe, au déclin d'un beau soir,
Tu me verras rêveur; passe, quand dans un songe,
Je crois voir des esprits voler autour de moi.
Passe encor. Qu'en ces nuits mon sommeil se prolonge.
Et garde, au sein de Dieu, ma place auprès de toi!

Je regardais, pensif, des fleurs qui, sur sa tombe,
Brillantes sous mes pleurs n'avaient duré qu'un jour.
Et j'entendis : « Dieu seul! tout le reste succombe!
» Comme ces tendres fleurs, j'ai passé sans retour!
» Cher ami, jusqu'à Dieu, dont l'amour est ma vie,
» Tu ne me verras pas, tu ne m'entendras plus! »
Et l'écho des tombeaux que ma douleur envie,
Trois fois a répété : « Tu ne m'entendras plus!!! »

A M. LAURENTIE,

SUR

LA MORT DE SA FILLE.

Près du lit de douleur d'une épouse chérie,
Toujours tremblant, hélas! sur ses jours incertains;
Quelquefois par les soins de ton âme attendrie,
En apaisant son mal tu calmais tes chagrins.
Mais bientôt revenu d'un espoir éphémère,
Je t'ai vu, succombant à ta triste douleur,
L'exprimer à chacun par une plainte amère.
Et ta peine a passé jusqu'au fond de mon cœur!

Cependant l'Éternel fut touché de nos larmes;
Il rendit ton épouse à ta douce amitié.
Et moi, qu'on vit toujours partager tes alarmes,
Déjà de ton bonheur je prenais la moitié.

De la félicité tu n'eus que l'espérance :
La douleur dans ton cœur long-temps devait régner.
Et bientôt le destin trancha dès leur enfance
Des jours issus du sang qu'il venait d'épargner !

J'ai mouillé de mes pleurs l'humble et dernier asile
De ta fille chérie, et j'ai dit à la mort :
D'enlever à mes jours une trame inutile
Pour l'ajouter aux siens, pour embellir ton sort.
A mes pleurs, à ma voix on ne fut point sensible.
J'ai tourné mes regards du côté du Seigneur,
Et le Seigneur m'a dit : que son âme paisible
S'enivrait dans son sein d'un éternel bonheur!

A M. DE LA MENNAIS.

1832.

J'admire, dès long-temps, ton courage invincible,
Et ton ardent génie, et ta plume de feu.
Le torrent qui t'entraîne, au vulgaire invisible,
Du ciel vient jusqu'à toi, puis il retourne à Dieu !

Tu nous disais : « Sortons de la voie où nous sommes,
» L'abîme est sous nos pas ; voilà le vrai chemin. »
On méconnut ta plainte, et les fléaux des hommes
Se sont vengés sur toi dés fléaux du destin !

Il a bu, le prophète en qui toute âme espère,
La coupe des douleurs et le fiel infecté.
Un autre homme, après toi, boira la coupe amère
Que l'enfer a toujours contre la vérité.

Avant qu'un peuple redoutable
Eût de Dieu servi les desseins,
Et qu'une faute inévitable
Des rois eût changé les destins :
Avant qu'une leçon puissante,
De cent tombeaux sortît vivante ;
Tu publias l'identité
Du ciel avec la liberté !

Alors toute âme généreuse
Brûla du feu de ton désir.
Mais la vérité malheureuse
Nous fuit et meurt pour l'avenir !
Remonte à sa source vivante,
Avant que sa flamme mourante
Soit sur l'abîme de nos maux
La lampe éteinte des tombeaux.

S'il faut, d'après l'arrêt suprême,
Rompre le cœur du citoyen ;
Du moins, ce terrible anathème
Grandira l'âme du chrétien.
L'arbre qui meurt et qu'on émonde
Revit d'une sève féconde :
Les eaux dont on change le cours
S'étonnent ; mais coulent toujours !

Aux lois du Vatican soumettant son génie,
Fénelon vit alors des ennemis vainqueurs
Surpris que des vertus naissent de ses erreurs.
Ainsi tu confondras la noire calomnie!
Ainsi s'élèveront ta gloire et tes vertus!
Et de tes chants plus purs, des torrents d'harmonie
Chasseront devant toi tes ennemis vaincus!

Combats pour que ton Dieu devienne populaire!
Qu'importe que la voix que t'opposait ta foi
S'élève de la rue ou bien du sanctuaire?
Aux yeux de la raison, le rang n'est pas la loi.

Dégagé désormais de toute incertitude,
Marche; ton siècle suit. Je vois la vérité:
Son temple est l'univers, l'âme sa solitude,
L'homme l'adore en Dieu; Dieu, c'est la liberté!

1838.

La liberté n'est point un vampire effroyable
Qui s'abreuve du sang répandu sous ses pas:

Des forfaits des tyrans elle n'est point coupable ;
La liberté s'enseigne et ne s'impose pas !

Mais de crimes nouveaux, monstre toujours avide,
J'ai trop souvent, hélas ! vu le dieu de l'erreur,
Du nom de liberté couvrant son front livide,
Des plus nobles esprits tromper le faible cœur !

SOUVENIR DU JEUNE AGE.

Loin d'un monde trompeur je rêvais tristement
A mon triste avenir, à ma triste existence;
Je disais : les beaux jours qui berçaient mon enfance
Ne sont qu'un souvenir qu'efface mon tourment !

Autrefois je pouvais des plaisirs du jeune âge
M'abreuver à longs traits, sans crainte et sans remords:
Entendre, chaque soir, les rustiques accords
Que répétaient au loin les bergers du village.

Que j'aimais l'onde pure, où, de ma faible main,
Je construisais souvent un fragile édifice
Que brisait l'aquilon ; et dont le bois propice,
A quelque autre désir servait le lendemain !

De mes jeux à venir, la flatteuse espérance
Éternisait pour moi les plaisirs du moment.
Mais, hélas! de mon cœur, l'invincible tourment
Remplace le bonheur des jours de mon enfance!

Heureux qui peut, fidèle au toit de ses aïeux,
Garder des premiers ans les douces rêveries,
Et dont le cœur est plein d'illusions chéries;
Seuls trésors qu'ici-bas l'homme ait reçu des cieux!

Hélas! il me faudrait recommencer à vivre
Pour retrouver encor tout ce que j'ai perdu!
Entre mille désirs trop long-temps suspendu,
J'ai quitté le bonheur en pensant le poursuivre.

Inconstante fortune! et vous, vaines grandeurs!
Vous avez abusé ma fragile jeunesse:
Vous avez ébloui ma trop faible sagesse:
C'est de vous que me vient le torrent de mes pleurs!

Ah! j'ai vu d'assez près, dans ma douleur profonde,
A quel prix, faux trésors, vous vous donnez à nous!
La vertu s'affaiblit en s'approchant de vous;
Et mon âme s'éteint à votre souffle immonde!

Rendez-moi, faux honneur qu'on recherche ici-bas,
Les biens que j'ai quittés pour suivre votre trace,

Les biens que dans mon cœur rien en vous ne remplace;
Rendez-moi le repos qu'avec vous l'on n'a pas!

Ces jours d'espoir constant, de douleur passagère.
Rendez-moi le bonheur ennemi de ce lieu ;
Cette âme qui n'aimait que la loi de son Dieu ;
La paix qu'avait mon cœur au sein de ma misère.

Mais, hélas! mes ennuis sont le triste aliment
Des dieux dont je subis le funeste caprice,
L'audacieux mépris et la froide injustice;
Et je n'attends plus rien qu'un éternel tourment!

A MON AMI L***.

Septembre 1830.

Entends-tu, cher ami, les accents confondus
De ce peuple aveuglé qui rêve le carnage?
Vois-tu du juste en pleurs les plaisirs suspendus?
De nos malheurs futurs c'est le triste présage.

O France! ô ma patrie! où trouver désormais,
Sur ton sein agité, cette douce espérance
Que j'aimais à rêver? Où trouver cette paix
Qui berçait autrefois les jours de mon enfance?

Où trouver sur ton sol, de modeste guérets,
Un vallon, puis des bois, puis un ruisseau rapide
Qui ne soient point rougis du sang de tes forfaits,
Et qui soient innocents de ton vaste homicide?

Lieux où mes premiers jours coulaient également,
Êtes-vous à l'abri des maux qui nous menacent?
Pouvez-vous adoucir mon pénible tourment,
Et l'invincible ennui de mes jours qui s'effacent?

Si je puis, loin des grands, à l'ombre de vos bois,
Passer mes derniers jours sans crainte et sans envie;
Si j'y puis de mon Dieu suivre les douces lois;
Beaux lieux! je veux mourir où je reçus la vie!

A MADAME DE M***,

EN LUI ADRESSANT

LE MERITE DES FEMMES.

Oui, je crois aux vertus de ce sexe enchanteur,
Dont l'esprit est léger, dont le cœur est sensible :
Je n'ai jamais lutté contre un sort inflexible
Sans qu'il ait soulagé l'excès de ma douleur.

O vous ! qui, maintenant, oubliant mes offenses,
Oubliant les ennuis de vos jours douloureux,
Soupirez aux soupirs de mes longues souffrances ;
Ne pleurez plus sur moi : je suis moins malheureux !

J'ai rompu tous les fers d'un funeste esclavage.
Je viens pour embellir ce qui vous reste d'ans.

Renaissez à l'espoir! Quand un cœur les partage
Les plaisirs sont plus vifs, les regrets moins cuisants.

Au sein de votre ami versez toute votre âme!
Perdez dans l'avenir votre triste passé!
Ne laissez pas éteindre une innocente flamme!
Le ciel, pour le bonheur, près de vous m'a placé!

Du fils que vous pleurez mon âme toute pleine,
A le revoir en moi veut vous accoutumer.
J'irai lui demander, dans la céleste plaine,
Ses vertus pour vous plaire, et son cœur pour aimer!

LE JOUR DE MA FÊTE.

Est-ce une insulte? Est-ce un hommage?
Pourquoi me couronner de fleurs?
Donnez au cœur que bat l'orage
Une prière et quelques pleurs!

Que j'aimais autrefois l'aurore de ma fète!
Et d'encens et de fleurs je parfumais ma tête;
Mon âme plus tranquille avait plus de gaieté;
Mes amis s'enivraient de ma félicité!
Heureux, je bénissais l'instant de ma naissance.
Dieu prenait mon bonheur pour ma reconnaissance.

Ah! soyez à jamais ce que je fus un jour!
A la vie, au bonheur, moi je meurs sans retour!
Je meurs... Venez, venez et donnez à ma tombe
Cette rose qui naît, que l'on cueille et qui tombe,

Qui, pour un jour encor, renaît sur votre sein;
Ces fleurs qui, comme moi, ne seront plus demain!
Je ne puis plus chanter! les Parques de ma vie
N'accordent plus qu'une heure à sa mélancolie.
Une heure pour aimer! une heure pour mourir!
Mais pourquoi cette larme et ce nouveau désir?
Tout ce qui passe est court. Qu'importe qu'à l'aurore
Je touche à mon couchant, ou que long-temps encore,
Inutile fardeau, je fatigue les jours?
Je passe pour aller où l'on est pour toujours!

Est-ce une insulte? Est-ce un hommage?
Pourquoi me couronner de fleurs?
Donnez au cœur que bat l'orage
Une prière et quelques pleurs!

ETHELGIVE.

La vague, en grossissant, va servir de tombeau
Aux restes mutilés de la pauvre Éthelgive!
Mais le soleil pâlit : cet éternel flambeau
Refuse d'éclairer mon âme fugitive.

Mon âme... Ah ! je frémis! Mon âme... C'est un mot;
Un souffle qui, fuyant, de lui-même s'efface,
Qu'emportera bientôt l'ondulation d'un flot;
Un son harmonieux qui se perd dans l'espace!

Aurore de mes jours dont je n'ai pas joui,
Je ne regrette pas ton bonheur éphémère :
Je ne demande rien qu'un éternel oubli
Qui sèche dès ce jour les larmes de ma mère!

Redoublez, bruit des vents! seule avec ma douleur,
J'aime de vos accords le sifflement sauvage!
Mugissez, flots de mers! j'aime votre fureur,
Et l'onde qui s'enfuit me portant au rivage!

Mon âme!.. Dieu!.. la mort!.. Pourquoi donc ce tableau?
Ce rêve trop tardif de ma raison plaintive?
La vague, en grossissant, va servir de tombeau
Aux restes mutilés de la pauvre Éthelgive [2]!

MALADIE DE MON FILS.

Son mal était brûlant, et sa chair en poussière
Tombait inaperçue au souffle de la mort.
Ses yeux ne parlaient plus sous sa faible paupière :
Voguant depuis deux mois, sa barque était au port.
Et moi, triste témoin de sa dernière plainte,
Je disais, en pleurant : — Ce sont là ses adieux!
Et je ne suivrai pas cette âme presque éteinte,
Qui, mourant ici-bas, renaîtra dans les cieux !

Ah ! de mes tristes jours, la peine la plus vive
Est celle que sa mort enfante dans mon cœur !
Et pourtant, des regrets, trop fidèle convive,
Souvent à leur festin j'ai changé de douleur!
Dès long-temps vieux d'ennui, jeune encor d'espérance,
Trompé par le bonheur je l'attendais toujours ;

Mon avenir s'enfuit avec son existence.
Qui me déchargera du lourd fardeau des jours?

M'entends-tu? cher petit, dont le mal me désole.
A-t-on jamais été quand on meurt au berceau?
Ah! que la foi m'éclaire et que Dieu me console!
Le bonheur des enfants commence à leur tombeau.
Oh, ciel! quelle pâleur se répand sur son être!
Pauvre enfant, c'est la mort! ouvre encor tes beaux yeux:
Un rayon d'espérance en sortira peut-être.
O mon fils! si tu vis, ouvre encor tes beaux yeux!

La mort... Celui qui meurt n'est pas le plus à plaindre:
C'est celui qui, flottant de la crainte à l'espoir,
A dix fois, dans son cœur, vu renaître et s'éteindre
L'être à jamais aimé qu'il ne doit plus revoir!
C'est celui qui, témoin de la dernière flamme
De la lampe qui veille au chevet d'un mourant,
N'ayant pour les douleurs qu'un écho dedans l'âme,
Ne peut rien leur offrir qu'un soupir déchirant!

Pourquoi donc désirer des jours pour ceux qu'on aime?
Chaque heure est un ennui, la vie un long soupir.
Le sommeil du passé, doux oubli de soi-même,
Voilà le bien présent; l'espoir, c'est l'avenir.
Est-ce assez pour aimer le temps qui nous entraîne?
Est-ce assez pour pleurer devant l'éternité?

Sur un anneau rompu de la pesante chaîne
Que le péché forgea contre la liberté?

Qu'importe qu'en un jour on franchisse la vie
Espace de douleur entre le ciel et nous:
Ou qu'à son long destin un siècle nous convie?
Ah! le but est le même et la mort est pour tous!
Lorsque les jours sont longs l'existence est pesante;
Les souvenirs sont pleins d'amertume et de fiel;
L'avenir est douteux. Mais pour l'âme innocente,
Moins d'une heure suffit pour arriver au ciel!

Enfant, c'est donc sur moi que je verse des larmes·
Que te servent mes pleurs si tu ne souffres plus!
Mais la raison se tait; la sagesse est sans armes,
Quand la mort frappe au cœur des coups inattendus!
Ma voix ne troubla plus la nuit silencieuse.
Mais souvent, éclairé par un faible flambeau,
Pleurant, je regardais sa couche douloureuse,
Et je disais tout bas : « N'est-ce pas un tombeau? »

A M. ET MME BÉTHUNE.

Non, je ne blâme point l'excès de vos douleurs :
J'ai connu votre Ermance, et je comprends vos pleurs.
Mais plus fraîche est la fleur, plus elle est éphémère !
Des précoces vertus justement envieux,
Dieu, plein d'amour du beau, laisse peu sur la terre
Le fruit mûr pour les cieux !

LE JEUNE INCURABLE.

Déjà des rameaux de verdure
Ombragent les nids des oiseaux,
Le pâtre dort au doux murmure
De l'onde pure des ruisseaux.
Les anémones sont écloses,
Et bientôt tout va refleurir :
Le bosquet offrira des roses ;
Et moi je vais bientôt mourir !

Consolateur secret des maux de l'existence,
Prisme des jours futurs, Léthé de la douleur,
Rêve toujours brillant que l'on nomme espérance ;
Pourquoi, si jeune encore, as-tu fui de mon cœur ?

Bientôt je serai la pâture
Du ver que je foule à mes pieds.

La pierre de ma sépulture
Peut-être est celle où je m'assieds.
Peut-être finira ma vie
Avant que ce jour ait faibli;
Et que d'un monde qu'on oublie
Déjà je serai dans l'oubli.

Consolateur secret des maux de l'existence,
Prisme des jours futurs, Léthé de la douleur,
Rêve toujours brillant que l'on nomme espérance;
Pourquoi, si jeune encore, as-tu fui de mon cœur

Pourquoi m'avoir dit qu'au village
L'air du printemps est bienfaisant?
A l'ombre d'un heureux feuillage,
Mon mal est encor plus cuisant.
Vous saviez qu'il devait me suivre,
Trompeurs? Las de me voir souffrir,
Vous m'avez dit : « Allez pour vivre! »
Et vous pensiez : « Il va mourir! »

Consolateur secret des maux de l'existence,
Prisme des jours futurs, Léthé de la douleur,
Rêve toujours brillant que l'on nomme espérance;
Pourquoi, si jeune encore, as-tu fui de mon cœur?

Cache ta lumière féconde,
Astre qui mesures les cieux ;

Je suis déjà d'un autre monde,
Et n'attends plus rien de tes feux!
Vous qui, dans la plaine isolée,
Viendrez aussi pour vous guérir,
Priez sur mon froid mausolée;
Hélas! je vais bientôt mourir!

Consolateur secret des maux de l'existence,
Prisme des jours futurs, Léthé de la douleur,
Rêve toujours brillant que l'on nomme espérance;
Pourquoi, si jeune encore, as-tu fui de mon cœur?

Lorsque la douleur qui m'accable
Me laisse un instant de repos,
Oh! que ce calme est ineffable!
Oh! que les jours me semblent beaux!!!
Pour l'aimer, faut-il donc attendre
Que le bonheur cesse son cours?
L'homme ne saurait-il comprendre
Le prix d'un bien de tous les jours?

Consolateur secret des maux de l'existence,
Prisme des jours futurs, Léthé de la douleur,
Rêve toujours brillant que l'on nomme espérance;
Pourquoi, si jeune, hélas! as-tu fui de mon cœur?

Pleurant, je me retourne encore
Au bout du vallon de mes jours:

Je trouve trop près de l'aurore
La nuit où je vais pour toujours!
Mais les moments qu'ici j'envie
Sont l'hiver et la nuit des ans;
Après eux, le jour et la vie
Naissent d'un éternel printemps!

Consolateur secret des maux de l'existence,
Prisme des jours futurs, Léthé de la douleur,
Rêve toujours brillant que l'on nomme espérance;
La foi te trouve au ciel, et te montre à mon cœur!

LE CIMETIÈRE.

J'aime à guider mes pas sur la tombe isolée ;
J'aime, dans ma douleur, le silence des morts :
Souvent un calme heureux succède à mes transports
En priant à genoux au pied d'un mausolée.

Saules dont le feuillage ombrage les tombeaux,
Et qui versez sur eux les larmes de l'Aurore,
Je viens chercher l'oubli du mal qui me dévore ;
Laissez-moi reposer sous vos humbles rameaux.

C'est ici qu'on espère, ici que l'on oublie,
Et que les plus longs jours ne semblent qu'un instant ;
C'est ici que mon cœur, rempli de son néant,
Regarde avec mépris les heures de la vie.

Dans ce lieu solitaire ou réside la mort,
Le monde n'est qu'un point d'un espace sans borne;
J'en vois tous les écueils d'un cœur froid, d'un œil morne:
Le temps est une mer, l'éternité le port.

Mon âme toujours vide et toujours oppressée,
Demande en vain au monde un terme à ses soupirs.
Et c'est en vain qu'au ciel reportant mes désirs,
Mes yeux vont y chercher l'être de ma pensée.

Une larme pourtant, d'un regard affaibli,
Tombe sur cette terre où je meurs au bel âge;
Dont je fuis sans regret le pénible esclavage;
Dont je ne veux plus rien qu'un éternel oubli!

Oui, pour ce monde, hélas! mon âme fugitive
Laisse échapper encore une larme, un soupir!
Je n'y tiens cependant que par un souvenir
Qui passe sur mon cœur comme une ombre plaintive.

C'est celui qui me guide aux portes du trépas;
C'est celui d'un espoir dont mon âme embellie
Nourrissait les beaux jours d'une innocente vie:
Celui d'un cœur aimé qui ne me comprit pas!

Silence!... c'est ici que repose sa cendre!
C'est une insulte aux morts qu'une plainte en ce lieu.

L'oraison des vivants, et le pardon de Dieu,
Voilà les seuls bienfaits que l'on puisse y répandre.

Adieu, champ funéraire ! adieu, mânes errants!
Je reviendrai bientôt comme une ombre légère :
Vous verrez les regrets et les pleurs de ma mère,
Mais vous n'entendrez plus mes soupirs déchirants !

A MA SOEUR.

Ma sœur, te souvient-il du lieu de ta naissance?
Beau séjour adoré de ta première enfance.
Au milieu de la foule et du bruit de Paris,
Oublîrais-tu, ma sœur, nos bois, nos prés fleuris?
Moi, j'aime encor le chaume, aujourd'hui solitaire,
Qui fut de nos aïeux l'asile héréditaire.
C'est là que jusqu'au Ciel, pour la première fois,
Un accent s'éleva de ta timide voix;
Là, qu'au pied de l'autel où le vrai Dieu s'immole,
Et devient à la fois la victime et l'idole,
Nous allions nous confondre aux paisibles pasteurs,
Et semer de nos champs quelques modestes fleurs.
Souvent je crois revoir le frémissant feuillage
Dont nous aimions, Zoé, le vacillant ombrage:
Douce erreur! faible éclair qui sillonne la nuit!
Le bonheur n'est qu'un songe, et ce songe nous fuit

Ah ! que n'est-il ainsi de nos tristes alarmes ?
La douleur vit long-temps de soupirs et de larmes ;
Par des rêves flatteurs nos regrets sont accrus :
L'espoir évanoui, c'est un chagrin de plus !
Ne gémis pas, ma sœur, lorsque mon cœur murmure :
Une plainte est permise à ma faible nature.
Je sais qu'il faut souffrir pour arriver au Ciel,
Et j'accepte la coupe où Dieu verse le fiel.
Si je ne puis, hélas ! dans les jours de tristesse,
Par amour de la croix, être dans l'allégresse ;
Si je crois qu'à mon cœur les soupirs sont permis,
Du moins à mes douleurs mon esprit est soumis.
Je n'accuse point Dieu d'un funeste caprice ;
Il n'afflige jamais que par grâce ou justice :
Il ne fait rien pour lui, mais tout pour ses élus ;
Et souvent à ses coups nous devons nos vertus !
D'où te viennent, ma sœur, ta foi, ton espérance,
Ta charité féconde et ta persévérance ?
Le monde a-t-il ces biens dans sa perversité ?
Non. Tu dois tes vertus à ton adversité !
Ainsi, souvent ingrat au sein de l'opulence,
L'homme est encor coupable aux jours de la souffrance ;
Il maudit ses revers et devrait les bénir.
Moi, je bénis le Ciel qui t'apprit à souffrir ;
Qui te rend la douleur chaque jour moins amère.
Je bénis ton amour, tes soins pour notre mère.
Je te bénis toi-même, appui de ses vieux jours.
Que sur elle et sur toi le Ciel veille toujours !

AUX VISITEURS DU MONT-BLANC.

« Vous avez vu, mortels, le mont audacieux
Dont les blocs de granit semblent braver les cieux,
Et dont le front glacé domine la tempête.
L'Arve naît à ses pieds des ondes de sa tête :
Quelquefois son haleine est semblable au zéphyr,
Et ranime en nos champs l'herbe prête à mourir.

Soyez donc comme lui, vous tous, grands de la terre!
Du pauvre qui languit soulagez la misère!
Passants, n'oubliez pas l'enfant qui tend la main :
Donnez un petit sou; c'est pour avoir du pain! »

C'est ainsi que, souvent, grelottant sur la voie,
Le soir vous entendrez l'enfant de la Savoie.
Quelquefois en courant, plus souvent à genoux,
Sa prière et sa main s'adresseront à vous.

Malheur alors, malheur! si dans votre opulence
Vous n'avez rien, hélas! pour sa triste indigence!
Malheur! si votre cœur reste alors sans pitié!
N'auriez-vous qu'un denier, donnez-en la moitié.
Car l'enfant qui gémit, le pauvre qui soupire,
Environné de gloire un jour pourra vous dire :
« Riches, votre bonheur se pèse dans ma main;
« Il vous reste le sou dont j'achetai du pain! »

LE COMTE MAGALON,

SUPÉRIEUR-GÉNÉRAL DE L'ORDRE DE SAINT-JEAN-DE-DIEU.

Pourquoi donc un rosaire, une robe de bure,
Des sandales aux pieds, une corde en ceinture?
Mon père, c'est bien vous que je vis autrefois,
Sous un brillant costume, au palais de nos rois?

—Ne vous étonnez point. Sous l'habit qui me couvre,
On me reçoit encor dans les salons du Louvre.
Autrefois j'y cherchais l'avenir de mes jours;
Pour le pauvre, aujourd'hui, j'y cherche des secours.

—Quand le chêne en nos bois porte au loin son ombrage,
Quand on peut s'abriter sous son épais feuillage,
L'homme qui l'a planté ne le voit pas verdir;
Vous mon père, en un jour, qui vous a fait grandir?

—Celui qui donne au chêne un feuillage superbe;
Celui qui dans nos prés fait croître en un jour l'herbe:
Qui commande au soleil, à la nuit, aux saisons,
Et qui fixe à son gré le moment des moissons.

Maître de l'univers... — Je le connais, mon père.
Je l'invoquais souvent au foyer de ma mère :
Déjà mon jeune enfant l'implore avec ferveur :
Mes aïeux l'adoraient : c'est le Dieu de mon cœur!

— Entraîné par le monde, innocente victime,
Sans ce Dieu protecteur, je tombais dans l'abîme.
Depuis j'ai consacré ma vie aux malheureux,
Et j'ai pour m'enrichir vendu mes biens pour eux.

—Dieu juste! Dieu puissant! achevez votre ouvrage!
Vierge, dans mes combats, soutenez mon courage...
Au doux nom de Marie amour constant des cieux,
J'ai cru voir, mon enfant, une larme à vos yeux!

— Elle soutient ici mon âme chancelante;
Au Ciel elle est l'écho de ma voix suppliante.
Vierge, sans votre appui, quel homme a mérité
La clémence d'un Dieu justement irrité?

— Nous avons en Marie une même espérance.
— Nous n'avons pas, mon père, une même existence!
— La retraite a des saints, le monde a des élus;
Et partout, près du vice, on trouve des vertus.

— Qui sont l'espoir de ceux à qui Dieu les accorde.
Moi, je n'espère, hélas! qu'en sa miséricorde.
Vous, dont le seul bonheur est de suivre sa loi,
Enfant chéri de Dieu, priez, priez pour moi!!!!

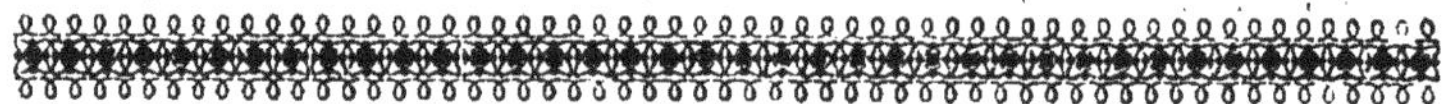

LE JEUNE AVEUGLE.

Je n'ai rien ici-bas qu'une pauvre chaumière.
Il me semble pourtant que j'y serais heureux,
Si pour moi les destins, un peu moins rigoureux,
Ne m'avaient en naissant refusé la lumière!
Heureux, puisque mon cœur ne désirerait rien!
Voir le ciel et la terre, est-il un autre bien?
Que m'importe l'éclat d'une vaine opulence:
Une obole suffit à ma sobre existence.
Le chien qui me conduit et qui veille pour moi,
De pourvoir à mes jours s'est imposé la loi.
C'est un fidèle ami qui s'occupe sans cesse
A remplir les désirs de ma tendre jeunesse:
Si je cède au besoin d'un sommeil séduisant,
Il craint de m'éveiller, même en me caressant.
Viens, Médor, j'ai du pain; viens que je le partage.
Je te donnerais plus si j'avais davantage.
Mais au lieu de manger, tu me lèches la main;

Craindrais-tu que pour moi nous n'ayons rien demain?
Le Dieu qui, chaque jour, veille sur ma chaumière,
Médor, à me nourrir serait-il moins constant?
Aussi je dors tranquille et m'éveille content;
Je serais trop heureux si j'avais la lumière!

A M. LAMARTINE.

Trois fois, fidèle écho des pensers de ton âme,
Mon âme avait redit tes chants harmonieux;
Mon cœur avait porté jusqu'aux voûtes des cieux
Et ses tendres soupirs, et son ardente flamme!
J'aimais à contempler cet éternel séjour
Qu'ouvre et ferme aussitôt le tombeau de la vie,
Où l'homme est sans regret et l'âme sans envie,
Où brûlent à jamais tous les flambeaux d'amour!

Je disais : « Sans mon Dieu, l'existence est amère;
Les plaisirs ont toujours un germe de douleur;
Le bonheur est un mot, la sagesse une erreur,
Et le plus bel espoir la plus belle chimère!
Je disais... mais hélas! je n'aimais pas assez!
La terre avait des biens, le monde avait des charmes
Que dans mon triste cœur, mes abondantes larmes
Et mes nombreux soupirs n'avaient pas effacés!

Bientôt je ne vis plus ce Dieu qui te consume,
Qui fait l'unique objet de ton chaste bonheur:
Je suivis, sans regret, la pente de mon cœur,
Et la trace d'un bien qu'en ce monde il présume.
Le printemps a ses fleurs, les cieux ont leurs flambeaux,
La terre a sa parure et la nuit son silence:
Moi, je n'ai pour bonheur de ma courte existence,
Qu'un rêve assez puissant pour assoupir mes maux!

Qui ne l'a pas connu, ce rêve toujours rêve,
Que mon cœur nomme amour, qui, tout dans l'avenir,
Flotte sur l'espérance au gré de mon désir;
Mais qui trop tôt, hélas! vient regagner la grève?
Qui nous rend plus sensible, et dès lors plus aimant!
Seul penser des beaux jours; douce mélancolie;
Léthé des vrais chagrins; bonheur sans théorie;
Tourment, délire, ennui; c'est un rêve pourtant!

Tu l'as dit, je l'ai cru.. Coulez, coulez, mes larmes!
Amour! félicité! songe trop enchanteur!
Un mot vous a chassé du milieu de mon cœur!
Un monde trop réel perd à l'instant ses charmes.
J'aime un vague avenir; mais il n'est plus pour moi!
Remontez à jamais, fleuves de ma pensée,
Dont l'onde bienfaisante à mon âme oppressée
Roulait dans l'infini sans limite et sans loi!

Arrêtez, revenez, restez, coulez encore!
Je le sens, c'est de vous que dépendent mes jours!
Amour, feux dévorants, pour moi durez toujours!
Nés d'hier dans mon cœur, n'auriez-vous qu'une aurore?
Ah! pour ne plus aimer, ou n'aimer que les cieux,
Il faut avoir senti le vide de ce monde,
Ou consumé les biens dont on croit qu'il abonde;
Et mon âme est encor au midi de ses feux!

Reçois, sur mes soupirs, le son qui de ma lyre
Pour arriver à toi s'échappe en doux accords.
Bien long temps tu connus mes feux et mes transports;
Et moi, j'aime tes chants et le Dieu qui t'inspire.
Un jour viendra, peut-être, où j'aurai plus d'amour :
Mon cœur sera plus grand et mon âme plus pure;
Mon esprit comprendra le Dieu de la nature;
Mes chants seront les tiens, et le ciel mon séjour!

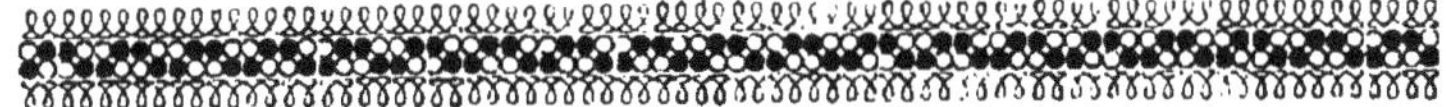

LE VIEUX GARÇON [3].

———⁎———

Tu meurs en regrettant ; je commence et désire.
Peut-être as-tu connu mon rêve de bonheur.
Chauffe-toi, pauvre vieux. Le funeste délire
Que partout je conduis réchauffe assez mon cœur!

Peut être as-tu connu mes soupirs et ma flamme.
Peut-être as-tu cherché, pour calmer ton transport,
Quelqu'un qui te comprît, une âme pour ton âme,
Avant que d'être seul en attendant la mort.

Peut-être qu'ici-bas, seul écho de toi-même,
Tu n'as pas rencontré l'être que tu rêvais,
Et que, passant alors de l'extrême à l'extrême,
Tu rejetas l'espoir dont tu te nourrissais!

C'est celui qui soutient ma languissante vie!
Ne crois pas, pauvre vieux, que je blâme tes jours :

Si je ne trouve pas une âme que j'envie,
J'aime mieux, comme toi, rester seul pour toujours !

Une âme dont l'amour berce encor l'innocence;
A qui je donnerai tous mes jours d'avenir;
Qui donnera des pleurs à mes jours de souffrance;
Dont la félicité sera tout mon désir!

VERSEZ, AMIS, VERSEZ DU VIN.

Jeune, sensible, ardent et sage,
On jure un éternel amour.
Le cœur, hélas! devient volage;
La sagesse fuit à son tour.
A venir la fortune est trop lente,
Avec elle on pense être heureux;
Mais celui qui la croit constante
Bientôt ailleurs porte ses vœux.
De gloire ivre, un jour on sommeille;
Puis on renaît à la douleur!
Voyons, amis, si le bonheur
Réside au fond de ma bouteille!

Versez, amis, versez du vin,
Mon verre est ma philosophie :
Versez-moi l'onde où l'on oublie
Les jours qui furent au chagrin!

J'entends des savants qui disputent
Du rang de Socrate et Platon.
Sur les bêtes d'autres discutent,
Argumentant d'après Buffon.
De nos découvertes chimiques
Je vois un amateur épris;
Un autre est en mathématiques
Heureux de n'être point compris.
Plus loin, l'artiste sans fortune
Chérit ses modestes destins;
Et le plaisir de mes voisins,
C'est de coucher avec la lune[4]!

Versez, amis, versez du vin,
Mon verre est ma philosophie:
Versez-moi l'onde où l'on oublie
Les jours qui furent au chagrin!

Ainsi l'amour, l'or et la gloire
Font courir les gens ici-bas.
Mais puisqu'en repos on peut boire,
Moi je bois, et ne bouge pas.
Entre ma bouteille et mon verre,
Assis sur le fond d'un tonneau,
Je sens qu'on tremble sur la terre,
Et je vois qu'on frémit sur l'eau!

Lorsqu'un homme trébuche ou tombe,
Les autres sont saisis d'effroi :
J'ignore, plus heureux qu'un roi,
Si je voyage vers ma tombe!

Versez, amis, versez du vin,
Mon verre est ma philosophie :
Versez-moi l'onde où l'on oublie
Les jours qui furent au chagrin!

Amis, que mon chant vous émeuve!
Buvez, tout boit dans l'univers:
De nectar l'Olympe s'abreuve,
Et Pluton boit dans les enfers!
La fleur naît des larmes d'Aurore;
Le gazon vit des pleurs du ciel;
Zéphire, des parfums de Flore;
La jeune abeille, de son miel.
Le Nord aspire l'onde amère;
Le fleuve abreuve l'Océan;
Et moi, je ne puis du Coran [5]
Suivre la morale sévère!

Versez, amis, versez du vin,
Mon verre est ma philosophie:
Versez-moi l'onde où l'on oublie
Les jours qui furent au chagrin

L'ENFANT ET LE PEUPLIER.

Un enfant de douze ans, habitant d'un village,
Vif, et plus étourdi que l'on est à cet âge,
Grimpait pour s'emparer du haut d'un peuplier
Qui, plus bas, à son gré, refusait de plier.
Ses genoux sont en sang; mais notre enfant s'obstine.
L'arbre en ses bras pressé déchire sa poitrine.
Cependant il arrive où tendaient ses travaux;
C'est l'instant du plaisir, non celui du repos.
Bientôt l'arbre étonné, cédant à son adresse,
Dix fois en gémissant se courbe et se redresse;
Et son jeune vainqueur, doucement balancé,
Triomphe en se sentant dans l'espace élancé.

Vint un fâcheux aïeul troubler si belle fête!
Il fit de notre enfant en un moment l'enquête :
Peux-tu, dit-il après, te mettre en cet état
Pour un jeu qui, souvent, finit avec éclat?

Ah ! si, par tes efforts, l'arbre venait à rompre !
—Tout en vous approuvant, j'ose vous interrompre,
Dit un sage du lieu : Nous blâmons nos enfants ;
Mais que penser de nous ? Comme eux, malgré les ans
Sur nos fronts amassés, les plaisirs nous captivent,
Et nous ne voyons pas les dangers qui les suivent.

DANIEL A BABYLONE,

SOUS NABUCHODONOSOR.

Ton Dieu reste insensible à ton affliction.
Serais-tu donc, hélas ! ô ma chère Sion !
(Semblable en tes revers à la triste Ninive),
Des enfants de Nemrod l'éternelle captive [6] ?
De ton temple détruit j'ai vu, dans ma douleur,
Les ornements sacrés souillés par ton vainqueur ;
J'ai vu Sédécias, privé de la lumière,
Terminer dans les fers son auguste carrière :
Coupables d'être nés de la couche d'un roi,
J'ai vu tous ses enfants immolés devant moi !
Humble Jérusalem, périsse la mémoire
Des funestes moments qui ternissent ta gloire !...
Mais souvent criminel et toujours pardonné,
Israël de son Dieu n'est pas abandonné.
Moi qui suis un enfant de ce peuple infidèle,
A mon aveugle esprit son esprit se révèle :

Sion, tes murs détruits s'élèveront encor!
Toi qui t'égale à Dieu, Nabuchodonosor,
Long-temps semblable au bœuf qui rumine dans l'herbe,
Tes captifs te verront courber ton front superbe!
Et vous, Ananias, fidèle Misaël,
Azarias, issu des princes d'Israël [7],
Dans un feu dévorant, protégés par un ange,
Vous direz du Seigneur l'éternelle louange!
Les peuples reverront, de gloire environné,
Un prophète aux lions deux fois abandonné.
Toi, Balthazar, au sein de la grandeur suprême,
Tes crimes terniront l'éclat du diadème:
Fit-on pour tes festins les vases du saint lieu?
Tremble, profanateur! impie, il est un Dieu!
Le ciel t'accablera du poids de sa colère.
Déjà je vois tomber ton pouvoir éphémère;
Déjà d'un trouble affreux je te vois agité;
Déjà, fuyant ses bords, l'Euphrate épouvanté
A tes fiers ennemis ouvre un chemin facile:
Tu meurs!... Bientôt enfin, à son Dieu plus docile,
Israël affranchi des tyrans de Babel,
Dans l'heureuse Sion suivra Zorobabel.

AMOUR ET LARMES,

CHANTS D'AMOUR.

Non, je ne rougis point du feu qui me consume :
L'amour est innocent quand la vertu l'allume !

LAMARTINE.

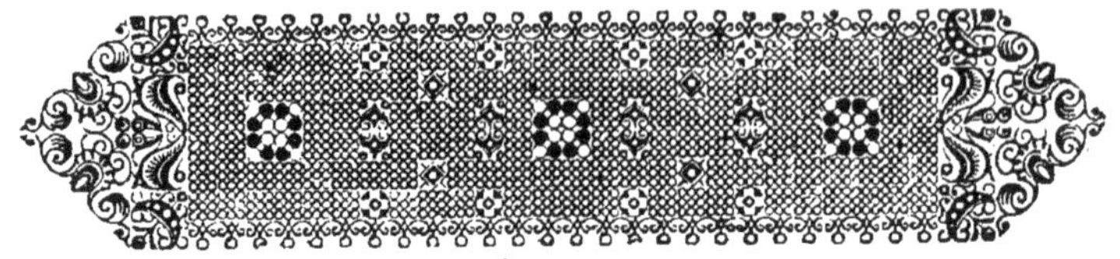

A

MÉLANIE.

Voici le premier chant de ma muse champêtre,
Celui que la nature inspira dans nos bois,
Celui qu'à mon printemps, sous les rameaux d'un hêtre,
J'apprenais aux échos attentifs à ma voix.

C'est le premier soupir de mon âme oppressée
Par un feu dévorant qui ne s'est pas perdu;
C'est le désir secret, la première pensée
D'un cœur à qui long-temps on n'a pas répondu!

C'est un adieu plaintif que je fais à la terre,
Car j'ai brisé ma lyre et mon luth amoureux;
Car mes chants sont trop noirs, ma douleur trop amère:
Une place au soleil, c'est assez pour mes vœux!

C'est assez..... est-il temps d'éteindre cette flamme
Que Dieu même alluma dans le fond de mon cœur?
Cet amour enivrant dont palpite mon âme,
Qui, malgré ses tourments, fait encor mon bonheur?

Il est vrai que la nuit au plus beau jour succède;
Que par les feux du ciel le nuage est formé :
Je n'aurais donc, des biens que mon âme possède,
Qu'un triste souvenir pour ceux qui m'ont aimé?

Pour ceux qui, les premiers, de mon âme brûlante
Ont compris les soupirs, dont rien n'a balancé
Ta tendresse en mon cœur, dont l'image vivante
M'arrache, malgré moi, des pleurs pour le passé?

Si je garde en secret ce que mon cœur recèle,
Si je n'ai plus de chants pour tant de souvenirs,
Si du poète aimant la voix m'est infidèle,
Que j'en conserve au moins la peine et les plaisirs.

Aimons, aimons encor! le feu qui me consume
N'a jamais fait rougir l'innocente beauté;
Il n'a jamais rempli mon âme d'amertume :
Il est venu du ciel pour la félicité[8]!

Je l'ai guidé souvent au pied du sanctuaire,
Souvent il a rempli les voûtes du saint lieu;

Porté sur les désirs d'un charme involontaire,
Il osa quelquefois s'élever jusqu'à Dieu !

Mais de ce Dieu vivant, au néant de ce monde,
Il retombait toujours comme un astre des cieux ;
Il étonnait les airs de sa clarté féconde,
Et mourait dans les pleurs qui fatiguaient mes yeux.

Pour bénir les transports d'une flamme si pure,
Le ciel s'est abaissé jusqu'au sein de mon cœur :
Lui-même m'a choisi l'être de la nature
Que je pouvais aimer sans honte et sans douleur :

L'être que pour jamais je porte dans mon âme !
L'être qui m'a juré de m'aimer pour toujours !
Et pour qui mes soupirs sont à l'abri du blâme
Qui poursuivait les feux de tous mes anciens jours[1].

Le bonheur m'attendait près de toi, Mélanie.
Je devais ton amour, ton nom à l'univers ;
Ce nom qui forme seul une douce harmonie
Quand il vient de mon cœur se placer dans mes vers.

L'écho l'a répété... j'abandonne la lyre
Qui pour toi, sous ma main, a pu se ranimer :
Qu'au saule où je la pends, une autre âme l'inspire
Pour des chants immortels ; moi je vis pour t'aimer ! !

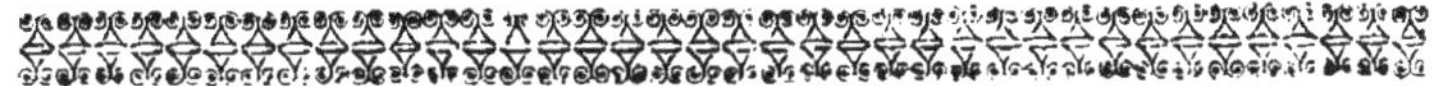

MATHILDE,

ou le Langage d'amour au quinzième siècle.

Ne croys pouvoir retracer en ce jour,
Ez mien amy, combien j'aime sa flamme ;
Et retracer aussy combien mon âme
Ressent pour lui doulx sentiment d'amour.
Moult ai tourment ! ainz ai moult jouissance !
Amour, amour, ô cher enfantelet !
Reçois les vœux de ma reconnoissance.
Ainz, cher Petiot, bonheur de l'existence,
Quand bel amy dans le gentil bosquet
Presse ma main sur seyez lèvres de rose ;
Quand sur son seyn mollement je repoze,
Et que ma bousche a ses regards soubrit,
Dis-moi pourquoi je sens dans mon esprit
Trouble invincible, et puys tourment que j'aime ?
Pourquoi je sens, près du mien bel amant,

Doulx embarras, désirs, douleur extrême,
Et de playzir mon cœur frémant?...
Point ne réponds à ma doulce parole...
O cher amy, mon maistre et mon idole,
Toi qu'amour fit tant séduisant,
Ne sauroys-tu quel est le mal duizant
Qu'est donc le cœur de la pauvre Mathilde?
Peut-être est cil que la tendre Clotilde
Chanta longtemps sur son luth inspiré,
Et dura plus qu'un époux adoré.

En follatrant gentil amour le donne
(En follatrant amour nous abandonne).
Las! si mon cœur ne peut le définir,
A bien appris du moins à le sentir!

Si jà n'as prou, chanterai doulz servage,
Tant que voudras, bel amy, mien espoir!
Ainz si tu veux que j'aime daventage;
Ne croys pouvoir [9]!

NE T'ATTRISTE PAS, O MON AME.

Ne t'attriste pas, ô mon âme!
Pourquoi troublerais-tu mes jours?
Si Dieu désapprouvait ma flamme,
J'aurais du ciel quelque secours.
Espère en lui dans la tristesse :
C'est lui qui calme les douleurs.
De mon orageuse jeunesse
Il a souvent séché les pleurs!

Souvent, dans mon inquiétude,
Je disais : « Des regrets cuisants
Désormais de ma solitude
Accableront tous les instants! »
Le Seigneur, entendant ma plainte,
Versait sur moi des flots d'amour :

Le penser qui causait ma crainte,
C'était l'aurore d'un beau jour !

Ne t'attriste pas, ô mon âme !
Allons au pied du saint autel :
Allons pour épurer ta flamme
Aux feux sacrés de l'Éternel !
Allons savoir s'il est propice
Aux vœux de ma nouvelle ardeur.
Allons offrir en sacrifice
Les premiers soupirs de mon cœur !

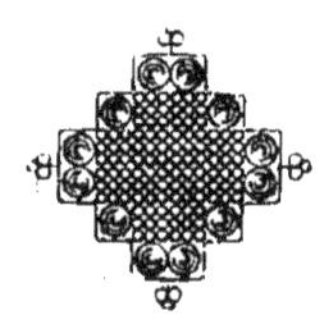

TU N'AIMES PAS.

Tu n'aimes pas, puisque l'absence
Te fait oublier ma douleur !
Va ! garde ton indifférence ;
Ton cœur n'est point né pour mon cœur !
En vain j'ai consumé mon âme ;
En vain j'ai soupiré tout bas ;
En vain je t'ai montré ma flamme ;
Ton cœur est froid. Tu n'aimes pas !

Tu n'aimes pas. Moi, j'aime encore !
Et par les flots empoisonnés
Du fol amour qui me dévore,
Mes plus beaux jours sont entraînés !
L'on entend gémir la colombe
Quand le ramier touche au trépas ;

Et moi, je descends dans la tombe :
Gémiras-tu? Tu n'aimes pas!

Tu n'aimes pas! Et de ma vie
J'irais pour toi troubler les jours?
Non, car à mon âge on oublie :
L'espoir ne fuit pas pour toujours.
Si, près d'une épouse moins belle,
Ton souvenir suivait mes pas,
Je n'en serais que plus fidèle :
Elle aimera; tu n'aimes pas!

ELVIRE.

De mon premier amour la flamme était mourante :
Le temps, à chaque aurore, emportait dans l'oubli
Un des premiers soupirs de son âme brûlante,
Un serment, un baiser de sa bouche enivrante,
Un regard de ses yeux par les pleurs embelli !

Il emportait la foi d'un amoureux délire,
Un mot, un signe, un vœu, tous ces riens enchanteurs
Qu'on aime quand on aime, et que l'amour inspire.
Il emportait ma flamme et jusqu'au nom d'Elvire,
Tous les charmes d'amour, et même ses douleurs !

Mon printemps avait fui comme un songe éphémère.
Mon cœur, tout avenir, n'avait plus de passé.
J'avais bu de mes jours l'onde la plus amère,
Quand je vis naître encor cette même chimère
Qui consuma les feux d'un printemps effacé !

Hélas! il est des cœurs, vivant dans l'innocence,
Qui sont nés pour aimer; dont les feux combattus
Sont l'éternel bonheur, l'éternelle souffrance;
Dont les rêves d'amour consument l'existence,
Sans regretter jamais un repos qu'ils n'ont plus!

Laissez-moi cet amour, cette flamme ennemie
Qui presse de nos ans l'infatigable cours!
Laissez mon âme aimer : c'est là toute sa vie!
Je compte les soupirs de ma mélancolie
Et ne m'arrête point au torrent de mes jours!

Laissez... Un jour suffit à mon âme expansive,
S'il est sur cette terre un être pour l'aimer!
S'il est dedans le ciel une âme sensitive
Qui partage sa joie ou sa douleur plaintive;
S'il est un souvenir pour qui l'a su charmer!

L'IDÉAL.

Pourquoi donc, ô mon cœur ! pourquoi donc soupirer?
Pourquoi toujours gémir aux jours de solitude ?
Qnand on est sans remords, pourquoi toujours pleurer?
Pourquoi, dans tes beaux ans, mourir d'inquiétude ?

Des bosquets amoureux l'ombrage qui se perd,
Des mondes inconnus le ruisseau qui murmure,
La fleur qui naît et meurt aux plaines du désert
N'ont jamais accusé le Dieu de la nature.

Je ne me plains qu'à moi de mes jours ténébreux !
Je sais qu'il est perdu, le feu qui me dévore :
Et ce feu, chaque jour, au foyer de mes vœux,
Me consume, s'éteint et se rallume encore!

Les feux que je nourris, je sais qu'ils sont perdus :
Et voilà ma douleur ! voilà pourquoi ma vie
A des pleurs, des soupirs, des sanglots superflus ;
Voilà pourquoi les jours n'ont plus rien que j'envie !

Peut-être l'avenir garde-t-il au ruisseau,
A la fleur du désert, un témoin de leurs charmes.
Sur les flots de mes pleurs j'arrive à mon tombeau,
Et n'ai pas même espoir d'un témoin de mes larmes !

La source qui tarit, la lampe qui s'éteint
Sont le portrait vivant de mon âme affaiblie :
Le feu, le feu sacré qui long-temps me soutint,
Emporte, en me quittant, le restant de ma vie !

Beaux projets de mes jours, doux espoir d'avenir ;
Vous, bois, rochers, vallons, humble et champêtre asile
Où je devais aller pour aimer et finir,
Je n'ai plus rien pour vous qu'un soupir inutile !

Objet que mon génie aimait à se former,
Cœur à jamais brûlant de mon ardente flamme,
Rêve de mon amour, que je devais t'aimer !
Que ne pouvais-tu naître aux soupirs de mon âme !

Ah ! que ne puis-je encor, par moi-même abusé,
Plein de mon avenir, croire à ton existence ;

Brûler des feux secrets dont mon cœur est usé;
Espérer ton amour pour unique espérance!

Fuyons donc d'ici-bas le triste isolement[1].
Ou l'amour, ou la mort, voilà ma destinée.
C'est assez de bonheur! c'est assez de tourment!
Vers un autre séjour mon âme est entraînée.

Laissez-moi donc parler de mes ardents désirs;
Ajouter une larme au torrent de mes larmes!
Laissez un libre cours à mes derniers soupirs :
Les derniers chants du cygne ont encor quelques charmes!

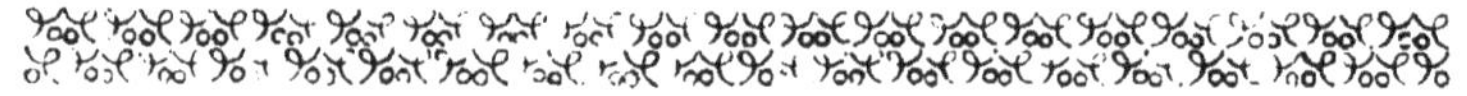

INCERTITUDES D'AMOUR.

Cessez, soupirs plaintifs! cessez, élans d'amour!
Il n'est rien ici-bas qui comprenne ma flamme.
Que m'importent, mortels, vos extases d'un jour?
Un feu venu du ciel scintille dans mon âme!

Cessez, tristes langueurs! cessez, ardents désirs!
Vous n'avez rien produit que des larmes brûlantes,
Une fausse espérance et passagers plaisirs :
Je veux des biens réels, et des joies plus constantes.

N'est-il point de bonheur quand le cœur est glacé?
N'est-il point ici-bas d'autres béatitudes
Que le rêve trompeur dont je me suis bercé?
Mais pourquoi m'arrêter à ces incertitudes?

Il faut, pour s'y complaire, il faut ne plus aimer :
Ma raison le commande, et mon cœur s'y refuse.
Tous mes feux en un jour devaient se consumer;
Sur ce que l'on désire aisément on s'abuse.

Hélas! puisque mon cœur est un temple d'amour
Dont la flamme brûlante est à mon existence
Comme l'espace à l'air, et la lumière au jour,
Conservons du bonheur la trompeuse espérance!

A qui donner mon âme? où porter mes soupirs?
Ils étaient pour la terre.... Elle a peut-être encore
L'être que j'ai rêvé, qu'enfantent mes désirs,
Que souvent je crois voir, et que pourtant j'ignore.

Je l'ignore. Et pourtant j'aime encor mes transports!!
Brisons des chants d'amour la corde de ma lyre!
Préludons, préludons à de nouveaux accords
Avant que l'hiver vienne et que ma voix expire!

J'entends les chants de guerre et le bruit des combats.
L'airain tonne, et déjà l'on sonne la victoire!
Ici sont des soupirs : et plus loin est la gloire
Moissonnant des lauriers semés par le trépas!

Arrête, ô mon génie! arrête, je frissonne!
Si tu n'as plus pour moi de myrtes amoureux,
Garde pour tes élus les lauriers de Bellone :
La gloire, au prix du sang, me rendrait malheureux!

Plutôt, loin des grandeurs guide ma rêverie;
En quelque lieu désert demandons le repos
Que désire mon cœur et que tout homme envie,
En attendant la nuit et la paix des tombeaux!

REGRETS DE NE PLUS AIMER.

Long-temps, j'ai réclamé des feux et des soupirs;
J'ai demandé des pleurs pour ma mélancolie:
J'allais portant partout mes funestes désirs,
Cherchant, toujours en vain, le rêve de ma vie.

Mon cœur était aimant sans qu'on voulût l'aimer.
Le monde désirait une flamme coupable
Qui n'a rien pour l'esprit, et rien pour me charmer;
Dont le plaisir est court, dont le remords accable.

J'ai méprisé la terre indigne de mes feux.
J'ai dit, la maudissant : « Insensés que nous sommes!
» Il n'est rien ici-bas qui puisse rendre heureux :
» L'âme de mes désirs n'est pas l'âme des hommes!

» Adieu, douce espérance! adieu, bel avenir!
» Cœur qui des feux d'amour alimentais mon âme;
» D'où je voyais éclore, au gré de mon désir,
» Des enfants, comme toi, tout brûlants de ma flamme!

» Adieu, belle chimère! adieu, rêve trompeur!
» Ne venez plus troubler mes jours de solitude.
» Peut-être, dans mes pleurs, de l'espoir du bonheur
» Pourrai-je perdre encor la fatale habitude. »

Puis mes jours s'écoulaient comme le flot des mers
Que jamais n'ont porté les vents jusqu'au rivage,
Et qui ne connaît rien de ce vaste univers
Que le débris flottant qui survit au naufrage.

Et maintenant une âme ose brûler pour moi!
Porte ailleurs tes tourments et ta flamme tardive,
Objet de tant de vœux! je n'ai plus rien pour toi
Qu'un souvenir semblable à l'ombre fugitive.

Je n'ai plus ce qu'il faut pour ta félicité!
Je n'ai pas, au couchant, les feux de ton aurore!
Laisse-moi, laisse-moi dans mon adversité,
Et va chercher un cœur qui puisse aimer encore!

N'attends pas le réveil de ton rêve enchanteur.
N'attends pas que tes feux s'éteignent sur ma glace.
S'ils ne sont partagés, tu vois, par ma douleur,
Qu'ils ne nous laissent rien qu'une pénible trace.

LE
DERNIER CHANT.

A G. DE B.

« Tu poursuis, m'as-tu dit, un fantôme léger.
Tu berces tous les jours d'une fausse espérance.
Tu crois à l'avenir d'un rêve mensonger
Qui meurt au même instant qu'il reçoit l'existence.
Tu cherches sur la terre un habitant des cieux !
On croit le voir un jour, le jour qui suit l'efface :
Comme un sylphe léger, un son harmonieux,
Ce fantôme, après lui, ne laisse aucune trace. »

Laisse-moi mon erreur ! Il est des cœurs brûlants
Qui vivent d'espérance et de mélancolie.
Pour eux, malgré leurs pleurs et leurs ennuis cuisants,
Le rêve du bonheur dure autant que la vie.
Si les cieux refusaient la fraîcheur au matin,
Le soleil au printemps, la lumière à l'aurore,

Que deviendrait alors leur superbe destin ?
J'ai besoin, pour mes jours, du feu qui me dévore!

Laisse-moi! j'ai besoin d'un amour idéal;
D'un espoir faux ou vrai qui trompe ma misère !
Ah ! si je t'écoutais, abandonnant ce val,
J'irais trouver au ciel ce que n'a pas la terre !
Méprise, si tu veux, ce qui fait mon bonheur :
Je ne t'impose point le rêve de ma vie.
Mais ne m'invite pas au banquet de ton cœur;
Il goûte des plaisirs qui n'ont rien que j'envie!

Tu crois que le malheur est toujours criminel.
Tu chantes quand tu vois la fille de Gudule [1],
Victime des erreurs de son siècle cruel ,
Saluer en pleurant son dernier crépuscule.
Je demande au génie un sentiment plus doux :
J'aime tous les soupirs de ses feuilles d'automne [2] ;
J'aime quand ses enfants, en priant à genoux ,
Font descendre du ciel la paix qui l'environne.

Tu dépenses ta vie au milieu du plaisir :
Je vois couler mes ans en cherchant dans mon âme
Un passé sans retour, un douteux avenir ;
En demandant à Dieu d'éterniser ma flamme !
Que dire de mon cœur à la froide raison ?
Que dire à l'univers de l'amour qui m'inspire
Ce n'est pas sur le roc qu'on sème le gazon :
Je brise pour jamais les cordes de ma lyre ! ! !

AMOUR ET LARMES.

LES EXILÉS.

LES VOEUX.

Noble enfant de l'adversité,
Reçois le tribut de mes larmes :
Au prix de ma félicité,
Je voudrais finir tes alarmes.
Mais aux caprices du malheur,
Hélas ! aucun mortel n'échappe !
Voilà pourquoi j'ai dans mon cœur
Tant de soupirs pour ceux qu'il frappe !

Quand on adorait ton pouvoir,
Quand les grands t'offraient leur hommage,
T'aimer me semblait un devoir ;
Pauvre, je t'aime davantage !

Faible abrisseau que l'Aquilon
A porté loin de sa patrie ;

Reviens, de ton premier vallon
Ranimer la mourante vie.
A ton aspect éblouissant,
Une aurore de l'espérance,
Dissipera le noir couchant
Du beau séjour de ta naissance.

Quand on adorait ton pouvoir,
Quand les grands t'offraient leur hommage,
T'aimer me semblait un devoir;
Pauvre, je t'aime davantage!

N'es-tu pas celui qu'au berceau
L'on consultait comme un oracle?
Celui qui naquit d'un tombeau?
N'es-tu pas l'enfant du miracle?
Que tes innocentes douleurs
Froissent mon âme désolée,
Enfant qu'ont fait naître nos pleurs
Sur l'humble croix d'un mausolée!

Quand on adorait ton pouvoir,
Quand les grands t'offraient leur hommage,
T'aimer me semblait un devoir;
Pauvre, je t'aime davantage!

Ne vibre plus, harpe des cieux;
Reste muette aux mains du Barde:

Retiens tes sons harmonieux
Pour l'enfant que le ciel nous garde.
Pourquoi chanter quand il gémit?
Quand on n'oppose à sa misère,
Aux souvenirs dont il frémit,
Que les doux baisers de sa mère?

Quand on adorait son pouvoir,
Quand des grands il avait l'hommage,
L'aimer me semblait un devoir;
Pauvre, je l'aime davantage!

HONTE A QUI PEUT CHANTER.

Vous demandez des vers à mon triste génie,
Un prélude amoureux, un cri de liberté;
Ah! depuis que nos jours sont à la perfidie,
J'ai soupiré ma plainte, et je n'ai pas chanté!

Depuis qu'un bon vieillard n'a plus dans sa patrie
Où reposer sa tête, et que deux beaux enfants,
Aussi purs que les pleurs de ma mélancolie,
Sont les faibles roseaux sur qui s'appuient ses ans!

Honte! à qui peut chanter, quand d'illustres victimes
Errent dans l'univers pour la troisième fois!
Lorsqu'avec le pardon, ses malheurs et nos crimes
Sont écrits sur le front de la fille des rois!

Honte! à qui peut chanter, au milieu des alarmes;
En foulant les tombeaux: quand la patrie en deuil

Pour pleurer ses enfants n'a pas assez de larmes;
Quand le drap du matin le soir est un linceul [12]!

Honte! à qui peut chanter, lorsque l'on voit l'orage
Menacer le navire où l'on reçut le jour!
Quand les flots mugissant portent loin du rivage
Pilote et passagers, sans espoir de retour!

O douleur! quel tableau se présente à ma vue!
La liberté n'est plus qu'un voile à nos forfaits:
Les tyrans des palais, les tyrans de la rue,
Détruisent, en son nom, ses plus nobles bienfaits!

Il faut, pour m'inspirer, un destin moins mobile;
Un autel, un tombeau, de l'amour et des pleurs;
Un présent sans alarme, un avenir tranquille,
Et l'oubli d'un passé qui n'eut que des douleurs!

A l'aspect de nos maux, mon âme se déchire!
Faisons place au torrent, qu'il se perde aux enfers;
Et s'il a respecté le poète et sa lyre,
Je chanterai le dieu qui brisera nos fers!

NAPOLÉON.

MARS 1840.

O toi qui d'un regard entraînais la victoire,
Qui mettais à tes pieds les trônes des mortels,
Qui sus dompter la France en l'enivrant de gloire,
Qui de ton Dieu proscrit relevas les autels :

Enfant sorti des flots pour gouverner la terre ;
Esclave reconquis que la mer vit mourir,
Dors en paix. Ah! qu'importe au gazon solitaire
L'hiver et ses frimas? Il meurt pour refleurir !

Qu'importe que d'Albion le pouvoir despotique
Laisse fouler ta cendre aux pieds nus des pasteurs,
Ou que Paris, honteux d'un dédain politique,
Rappelle à l'univers tes jours triomphateurs ?

Qu'importe ton tombeau? Ta gloire est immortelle!
Transmise d'âge en âge à la postérité,
Si de tes derniers jours le destin est près d'elle,
Nos neveux jugeront si tu l'as mérité.

Ils jugeront aussi ces enfants de carnage
Qui bravaient à ta voix les plus fameux guerriers :
Roseaux battus des vents, courbés sur le rivage,
Qu'a fait croître en un jour l'ombre de tes lauriers!

Ils juraient à tes pieds de suivre ta fortune ;
Mais depuis tes revers.... Le ciel, pour te punir,
En brisant ton pouvoir fit ta gloire importune,
Et ton plus grand chagrin fut dans son souvenir.

Le peuple a pour les rois une haine profonde,
Ou l'amour d'un esclave orgueilleux de ses fers.
Dieu dirige à son gré les maîtres de ce monde,
Et donne à leurs sujets leurs sentiments divers.

C'est lui, quand tu pensais tout devoir à toi-même,
Qui courbait l'univers sous ton sceptre nouveau ;
Qui te faisait passer de rien au rang suprême,
Du trône dans les fers, et des fers au tombeau!

Tes destins sont remplis. Étonnant assemblage
D'opprobre et de vertu, de gloire et de néant ;
Je désire pour toi six pieds sur notre plage :
Peu d'espace suffit aux cendres d'un géant!

AMOUR ET LARMES.

MÉLANGES EN PROSE.

LE POÈTE SANS DIEU.

Le mal est ton spectacle et l'homme est ta victime,
Ton œil, comme Satan, a mesuré l'abîme,
Et ton âme, y plongeant, loin du jour et de Dieu,
A dit à l'espérance un éternel adieu.

(LAMARTINE, 2e Méditation.)

Le ciel était obscurci par les nuages qui portaient la tempête, et que le Dieu des vents chassait dans sa colère ; la terre tremblait ; la mer se brisait avec fracas contre les limites invincibles que le doigt de l'Éternel lui a tracées ; et la foudre, sillonnant les airs, semblait un effrayant flambeau qui éclairait les dernières convulsions de la nature expirante.

Le soldat abandonnait ses armes ; le berger fuyait son troupeau ; l'enfant pleurait sur le sein de sa mère ; le vieillard implorait, en tremblant, la Vierge du hameau : chacun cherchait un asile protecteur.....

Au sein de tant de désolations, qui es-tu, toi qui cours au-devant de l'orage, dont les cheveux flottent au gré des vents? Debout sur les rochers que les pas du temps ont noircis, ton œil étincelle comme la foudre, une harpe d'or résonne sous ta main, et l'écho répète, en frémissant, ces mots échappés de ta bouche : « Voilà mes plaisirs ! » Silence ! il parle, il chante encore : « Lyre brûlante des feux de l'enfer, chants d'une harmonie sauvage, qu'avez-vous fait d'Harold ? Un songe toujours triste, un esprit sans frein, un cœur sans félicité ! » Il dit, foule le roc d'un pas menaçant, maudit le ciel et la terre; et s'adressant à Dieu: « Adama, où es-tu? Partout, dit-on, et je ne te trouve nulle part. Aussi je me suis écrié dans mon cœur : Il n'est point de bonheur sur la terre! point d'espérance pour le ciel! et mon âme, se révoltant, m'a guidé sur les traces d'un sage; je l'ai suivi du Corus au Calvaire, et là une voix m'a dit : Il a vécu dans l'opprobre, il est mort dans les souffrances; et pourtant il était... Arrête! un juste, un homme, un mystère dont ma raison s'offense; ma bouche est un blasphème, Christ, si tu es un Dieu! » Alors le poète laissa tomber une larme brûlante qui grava sur le roc : Malheur!!! Et il répéta, s'adressant à l'écho de son âme : « Lyre brûlante des feux d'enfer, chants d'une harmonie sauvage, qu'avez-vous fait d'Harold? un dieu de mélodie, un songe toujours triste, un esprit sans frein, un cœur sans félicité ! Adieu donc, lyre sans charme et sans douceur! adieu donc, chants qui semez le dégoût de la vie! adieu, patrie qui n'a plus assez de gloire pour émouvoir mon âme! Je m'abandonne aux flots des mers, non plus pour attendre la brise qui donnait des sons à mon luth en délire; je vais où sont les héros de mon siècle. Dignes fils de Léonidas, salut! Lacédémone, lève-toi! Ruines d'Athènes, tressaillez d'allégresse! la barbarie fuit vos bords enchantés; les Hellènes ont rompu leurs fers!!! » Il dit, brisa son luth et sa lyre;

un glaive brilla dans ses mains; puis on répéta autour de lui : Humanité, honneur, gloire, liberté ! et la patrie en deuil se mit à gémir quand le flot qui l'emporta revint, comme un écho vivant, murmurer son dernier chant sur la grève.

Quelques jours s'écoulèrent. Et quand le soldat qui avait partagé ses dangers vint demander à la Victoire : « Où sont ses trophées ? où sont les lauriers qui doivent orner son front ? » il vit écrit sur le sable : « CI-GIT BYRON [14] ! »

LA FILLE DU CRIME.

Je viens chercher ici une âme douce et plaintive, qui connaisse mes feux et mes tendres soupirs, qui foule aux pieds la gloire et l'or de ce monde, et qui, malheureuse exilée, désire un cœur pour l'aimer!

— J'ai les doux soupirs, j'ai les brûlantes larmes, j'ai les transports d'amour, j'ai le mépris des grandeurs; malheureuse exilée, je suis l'âme qui peut aimer; mais hélas! je suis la fille du crime!

— Mon génie l'eût deviné.... Cependant tu es belle comme un ange du ciel; ton sourire est beau comme celui de l'aurore; les soupirs de ta mélancolie ressemblent à la plainte de Philomèle; ta vie, comme le ruisseau de la prairie, coule et passe sans bruit; tu n'es point gaie, tu n'es point triste; et pourtant je lis dans tes yeux et sur ton front le poids qui oppresse ton cœur!

— Tu pleures au récit des douleurs; tu soupires devant la beauté; ton sang bouillonne au nom de la gloire; tu es fait pour charmer; tu es né pour aimer; mais je lis dans tes yeux et sur ton front qu'un cœur comme le tien n'est pas pour la fille du crime!

— Ne sais-tu pas, fille de douleur, que le lierre rampant des forêts s'élève avec orgueil dans l'espace des cieux quand il s'unit au chêne superbe? Ne sais-tu pas que le ruisseau perd son nom quand il se joint aux eaux du fleuve? Fille innocente des fautes d'autrui, la honte des tiens ne peut-elle s'effacer par les vertus de mes aïeux?

— Quoi! tu peux m'ôter le poids qui m'accable? Enfant de la vertu, si tu veux continuer à être l'appui de celle qui n'a personne dans l'univers, je n'aimerai rien autant que toi! Mais, hélas! pourquoi cette lueur d'espérance? Quand le monde l'oublierait, tu te souviendrais encore que je suis la fille du crime!

— L'amour n'a-t-il pas un voile pour couvrir les taches de ceux qu'il aime?

— Oui... mais l'amour ne dure pas toujours!... Adieu! Ce n'est qu'au ciel que, sans rougir, tu pourras m'aimer, si l'on aime autre chose que Dieu, et que le fils de la vertu ne sera pas plus que la fille du crime!!!

LA DIFFORMITÉ.

— Mon enfant, tu soupires : ne sais-tu pas que tu ne dois point aimer ?

— Je sais que la nature fut ingrate pour moi.

— C'est pourquoi je frémis à tes soupirs !

— Si mon corps est difforme, mon esprit en est-il moins ardent ? Le corps n'est que l'enveloppe de l'âme : qu'importe qu'il s'élève ou qu'il rampe ? Qu'importe qu'il soit jeune ? Qu'importe qu'il soit vieux ? Il faut peu de place au cœur, et l'âme ne vieillit point !

— Oui, mais ce n'est pas toujours l'âme qu'on aime.

— Quand le corps est superbe, on ne voit que lui ; quand l'âme est grande, elle l'efface.

— Mon enfant, je te plains !

— Et moi, je plains les hommes à préjugés ! Souvent la beauté ne revêt que la sottise. J'admire le génie ; je frissonne au nom de la gloire ; les pleurs m'attendrissent : pourquoi n'aimerais-je pas ?

— O mon enfant, n'aime que moi !

— Je vous chéris ; mais il reste de la place dans mon âme, et j'ai besoin d'aimer ailleurs.

— Ailleurs, crois-tu qu'on t'aimera ?

— Laissez tomber le lis de la vallée, si vous n'avez qu'une épine pour le soutenir ! je ne veux pas aimer sans qu'on m'aime ! Adieu, j'ai besoin de pleurer.

*

AMOUR ET ESTIME.

J'aimais son air enchanteur ; j'aimais son doux regard ; j'aimais sa touchante voix ; mais je maudissais ses grandeurs, la vanité des siens, et son cœur toujours froid.

Et toi, tu n'as pas étudié ton sourire ; tes yeux sont beaux et ne disent rien ; mais on admire ta simplicité, et l'on voit que ton cœur peut aimer. Si, près de toi, mon cœur est muet, n'en accuse pas tes charmes. Si sous la cendre dont j'ai couvert mes feux il ne reste pas une étincelle pour se ranimer aux tiens, fille innocente, plains-moi ; car ma flamme s'est perdue en vains soupirs !

Tu as vu les eaux du ciel se perdre dans les plaines arides : viens dans la prairie que le soleil altère, tu verras tomber la fleur à peine épanouie, et qu'une larme de l'aurore pouvait conduire jusqu'à demain.

Si je suis l'eau qui s'est perdue, ah ! ne sois pas la fleur qui tombe ! Porte ailleurs tes soupirs ! Arrête ! O femme qu'ornent tant de vertus, attends, attends encore ! Je dois sortir de ma léthargie : j'ai trop souffert des feux dont tu brûles ; j'ai trop désiré l'innocence de ton âme ; je suis trop juste envers ton cœur pour ne pas t'aimer un jour !

UNE HEURE AU SÉJOUR DE L'ENFANCE.

Il avait marché pendant cinq heures; il reconnaît enfin la flèche du clocher qui servait de boussole à son enfance lorsqu'il égarait ses pas dans les bois. « Salut, dit Abel, salut, terre aux » doux souvenirs! Permets qu'avant de mourir je foule encore » tes prés émaillés; permets que je me repose à l'ombre de tes » chênes majestueux, que l'écho de tes vallons redise encore » mes chants! » Il aperçut l'ancienne demeure de ses aïeux, le berceau de ses premiers jours; alors une tristesse mêlée de quelques charmes pénétra son âme. Il se souvient que dans les champs où il dirige ses pas, que sous les rameaux qui ombragent son front, il reçut les caresses d'un tendre père, et que la mort l'a ravi à sa reconnaissance. Pour lui, c'est à la fois un lieu de douleur et de délices.

« Jeune fille, dit-il à une bergère du hameau, vois la poussière qui blanchit mes pieds, vois la sueur qui coule sur mon front; laisse-moi reposer sur le gazon que paît ton troupeau. — Jamais, répondit la jeune fille, on n'a refusé, dans ces lieux, l'hospitalité au voyageur fatigué : l'homme n'emporte au ciel que le don fait aux pauvres; malheur à celui qui ferme son cœur à la voix qui l'implore! Qui que tu sois, voyageur, tu peux te reposer sur ce gazon ; et s'il ne suffit pas à ta lassitude, je t'offre la toison de mes agneaux. —J'ai l'esprit plus fatigué que le corps, dit Abel, et les accents de ta voix sont plus doux pour moi que la laine de ton troupeau. Dis-moi, bergère, quel est le village que j'aperçois au pied de la montagne? — C'est le hameau de *la Tour*. — Ce château, ces jardins, ces vergers qui bordent le chemin, à qui sont-ils? » La jeune fille soupira, puis elle dit : — « Je n'ai pas appris le nom de celui qui les possède ; mais je sais qu'ils ont appartenu au père des malheureux; je sais qu'Anselme y vécut et y pratiqua la vertu; je sais que l'infortune en a chassé sa veuve et ses enfants, et que mon père n'en parle jamais sans pleurer ! — Adieu, bergère, que le ciel soutienne ton innocence, afin que ton cœur rende toujours hommage à la vertu ! Adieu, prie quelquefois pour le voyageur et souviens-toi d'Anselme ; si jamais son fils revenait au foyer de ses pères, il se souviendrait de toi ! » Puis, tout pensif, il continua sa route, et la bergère se mit à chanter.

L'écho répétait encore ses accents, quand on entendit le son d'une cornemuse : c'était le signal du retour. Les chiens, en aboyant, éveillent le troupeau, les agneaux se mettent à l'ombre de leurs mères, et tous, comme de coutume, précèdent la bergère au village. Cette fois, le vieux Simon venait à leur rencontre, des larmes humectaient ses joues, et pourtant un air de bonheur se peignait sur ses traits. « Viens, ô ma fille, dit-il à la bergère, viens, que je te presse sur mon cœur ! Abel a passé dans ces lieux, moins riche peut-être, mais aussi bienfaisant que ses ancêtres ; il a vu l'ermite de la montagne ; il a pourvu aux besoins de mes vieux jours, et je mourrai sans inquiétude pour les tiens ! »

La bergère devina qu'Abel était le voyageur qui s'était reposé près d'elle ; des larmes de reconnaissance tombaient sur son sein palpitant. Je veux le revoir, dit-elle, je veux baiser les mains du bienfaiteur de mon père ! Puis, en avançant dans le village, elle demanda à ses compagnes : Avez-vous vu le fils d'Anselme? Et on lui répondit : Nous avons vu la figure d'un enfant, la majesté d'un sage, un homme qui priait sur les tombeaux, et qui deux fois, en quittant le hameau, s'est retourné pour bénir nos chaumières !

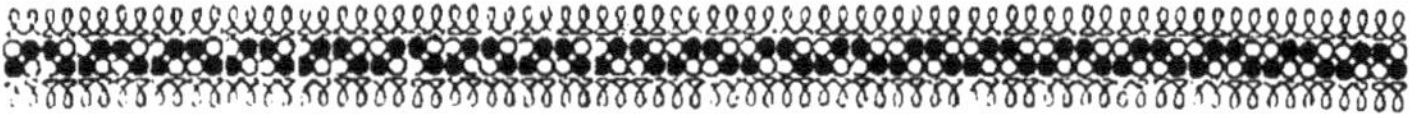

LES AMOURS D'ABEL.

Entre les bords riants du Loignon et les froides montagnes du Doubs, est une campagne dont le sol inégal est partagé par les dieux des forêts et des prairies, le vieux Silène et la blonde Cérès. Là sont des prés émaillés de fleurs ; là le zéphyr balance mollement les moissons; le chêne s'y couvre d'un feuillage majestueux ; la blanche épine s'y marie au suave chèvrefeuille, le troëne à la rose printanière.

Au sein de cette riche nature, fut une ville dont le donjon servit autrefois à la défense de ses habitants, ou, peut-être, à leur servitude. Aujourd'hui ce n'est plus qu'un paisible village * : on y parle encore du champ de la guerre et des héros de la Tour antique, mais on ne s'y livre plus aux fureurs de Bellone. Les anciens de ces lieux, maintenant si champêtres, couvrent leurs fronts de pampres verts, et les jeunes gens tressent des couronnes de myrtes amoureux.

C'est dans ce séjour enchanté qu'Abel passait une partie de ses

* Yacs-la-Tour.

jeunes années, l'autre s'écoulait dans les écoles de la capitale de la Séquanie. A peine seize printemps s'étaient écoulés depuis les douleurs qui enfantèrent notre écolier, qu'il se confondait avec délices aux pasteurs qui dansaient dans la prairie, et aux bergères qui chantaient de doux refrains.

Si cette vie a ses charmes, elle a aussi ses dangers. Abel fut bientôt tout entier à un sentiment que, jusqu'alors, il ignorait. Marie avait à peu près son âge; elle n'était pas très-jolie, mais elle était fraîche et joyeuse; elle n'était pas riche, mais elle était bonne; elle avait peu d'instruction, mais elle était spirituelle et naïve: ce fut elle qu'il aima.

A seize ans, si l'on ne sait pas dire que l'on aime, on le laisse aisément deviner; aussi, nos jeunes gens n'eurent-ils pas besoin d'aveu pour savoir qu'un même amour embrasait leurs cœurs. Cependant leur langage fut bientôt d'accord avec leur passion: « O Marie! disait Abel, quand je me promène avec toi à la douce clarté de l'astre des nuits; quand je respire l'air embaumé du soir; quand la douce harmonie de tes chants se mêle au bruit de la cascade lointaine; quand je prête l'oreille aux accents plaintifs du rossignol, j'éprouve un bonheur ineffable, je vis d'une vie nouvelle, et cela, Marie, parce que je t'aime! — Abel, répondait Marie, ton bonheur et mon amour me sont chers : ton bonheur sera toujours ma félicité, mais mon amour sera mon supplice! » et pendant qu'une larme tombait sur la poitrine oppressée de la jeune fille, Abel couvrait son front d'un tendre baiser; puis, après un nouveau serment d'amour, il la quittait en soupirant.

Tandisque notre écolier s'abandonnait aux douces rêveries d'un heureux amour, Marie perdait sa gaieté; et si son amant lui demandait la cause de sa tristesse, elle répondait : « C'est que le monde a ses exigences; c'est que tu es riche et que je suis pauvre;

c'est que tu ne seras jamais à moi ! — Eh ! que ferais-tu donc si j'étais ce que tu es, si tu étais ce que je suis? — Abel, l'univers serait à toi s'il m'appartenait ! — Ne puis-je aimer comme toi? — Abel, tu n'as pas besoin de sacrifices pour fixer mon amour; pour regretter ma liberté, je chéris trop mon esclavage! Cependant Marie ne partagera pas ton sort : tu peux resserrer les chaînes de son cœur; mais tu ne convaincras pas sa raison. » Et lorsque, seule, elle réfléchissait tristement au tendre objet de sa flamme, elle s'écriait : « Ah ! s'il ne peut être mon époux, je suis coupable de l'aimer! Grand Dieu ! pardonnez à la faiblesse de mon cœur ! Vierge, dont je porte le nom, protégez-moi ! »

Philomèle avait cessé ses chants; l'habitant des campagnes recevait les derniers dons de Pomone; le souffle glacé du vieux Borée devait bientôt blanchir les montagnes ; c'était le temps où le pasteur suspend sa houlette au toit de sa chaumière, celui où les écoliers reprennent leurs travaux. Pour Abel, dix mois s'écoulèrent lentement entre Horace et Virgile, puis il revit sa sensible bergère. « Combien j'ai rêvé loin de toi ! lui dit Marie. — Et moi, Marie, combien je désirais te revoir ! — Oui, je rêvais, mais tristement ! je disais : Où est-il? peut-être dans un monde de plaisirs où il oublie celle dont il est l'éternelle pensée ! — Moi, t'oublier, ô ma fidèle amie ! Ah ! plutôt... — N'achève pas ! si j'en crois le pressentiment de mon cœur, Abel, tu m'oublieras. Si tu veux jurer quelque chose, voici le serment que je te demande: tu connais ma faiblesse pour toi? abandonne-moi si tu veux; mais ne déshonore pas une pauvre fille qui n'a à se reprocher que de trop t'aimer : jure d'être plutôt un appui à l'innocence qu'un écueil à la vertu chancelante. — L'inconstance et l'infamie ! que de soupçons en un jour ! Eh bien ! Marie, puisque ta vertu a besoin de mes serments, je jure par ce que nous avons de plus cher, je jure par notre amour d'être toujours le protecteur de ton innocence! » Il fut fidèle à ce serment; mais, hélas! il ne le fut pas à sa bergère.

Il y avait dans ce jeune homme un mélange singulier de politesse et de franchise; cela tenait sans doute au partage de ses jours entre la ville et les champs. Sa mise était en rapport avec ses mœurs : avec l'habit du citadin, il portait le chapeau de paille du berger, et laissait tomber négligemment le nœud de sa cravate sur sa poitrine. Il avait le front haut, les cheveux bruns et les yeux bleus; sa taille, plus qu'ordinaire, était élancée : courageux et vif, c'était le plus adroit des jeunes gens de son âge; sa parole était douce et sa repartie incisive; mais l'ardeur de son imagination était tempérée par la religion et l'amour, car il aimait Dieu et les hommes.

Tel était Abel, quand il reprit la moitié de sa vie à sa bergère, pour la dépenser dans la famille d'un ancien magistrat, propriétaire du château d'Yacs. Là était une fille remplie de savoir et d'esprit : sa taille était moyenne, ses dents blanches et bien rangées, son front noble, ses yeux noirs, ses cheveux brillants comme l'ébène: Zélie avait un lustre de plus qu'Abel; cependant elle aimait à le rencontrer; et lui, cherchait toutes les occasions qui pouvaient le rapprocher de cette femme aimable. Bientôt cette âme formée se lia étroitement avec cette âme naissante : on eût pu prendre leur sympathie pour un sentiment d'amour, c'était quelque chose de plus durable, une noble et douce amitié. Amitié, ah! jamais ton nom n'arrive à moi sans émouvoir tout mon être! Vertu des premiers ans; douce félicité que deux âmes partagent, si tu étais bannie de la terre tu vivrais encore dans mon cœur!

Abel ne tarda pas à faire le récit de ses amours à son amie. A la fin de ses narrations brûlantes, Zélie répondait ordinairement : « Feux follets que tout cela. — Feux éternels! reprenait Abel. — Joies d'un jour, après quoi je n'aperçois que des larmes. »

Cependant il y avait alors au château d'Yacs une nièce de la dame châtelaine, pauvre orpheline, dont le bonheur était d'aller au-devant de ce qui pouvait plaire à ceux qui l'entouraient; aussi tout le monde l'aimait. Les attentions qu'elle avait pour Abel touchaient vivement ce jeune homme, et pourtant elle n'était pour lui que ce qu'elle était pour tous. Il se sentait frémir si sa main touchait la main d'Elvire; près d'elle il éprouvait un embarras qu'il ne s'expliquait pas, mais dont Marie savait se rendre compte. La pauvre bergère gémissait dans la solitude : Abel ne l'évitait pas; mais il ne la cherchait plus. Si elle était au bal champêtre, elle regardait danser, mais elle ne dansait pas. Si Abel y arrivait avec Elvire, alors la bergère s'éloignait, et ses compagnes disaient tout bas : « Pauvre Marie, tu vas pleurer ! »

Plusieurs mois s'écoulèrent de la sorte. Une seule fois, Marie fit entendre à son infidèle l'expression plaintive de sa douleur : « Abel, lui dit-elle, aimes-tu toujours la lueur incertaine de l'astre des nuits, la fraîcheur du matin, l'air embaumé du soir, les pas légers du zéphyr à travers le feuillage des bois? quant à moi, j'aime plus que jamais le chant mélodieux du rossignol; il ressemble aux soupirs du cœur que l'amour veut cacher. » Abel cherchait quelques paroles consolantes pour la pauvre bergère, mais déjà elle était loin de lui; et parce qu'elle sut consommer seule son pénible sacrifice, parce qu'elle fut résignée dans sa douleur, il se crut sans reproche.

Cependant, Zélie avait remarqué l'abandon de la bergère et le penchant de son jeune ami pour la douce Elvire : il y a dans l'œil des femmes je ne sais quoi de pénétrant, qui va loin dans les replis les plus obscurs du cœur : est-ce un art qu'elles acquièrent, ou un pressentiment infaillible que Dieu leur envoie? A peine Abel s'avouait-il qu'il aimait Elvire, que Zélie lui dit : « Pourquoi ne me parlez-vous plus de Marie ? — Suis-je coupable pour cela? — Je n'oserais vous affirmer le contraire. En tous cas, vous le seriez beaucoup si vous vous abandonniez à un nouvel amour, qui en douleur serait aussi fécond que le premier, et plus vide en consolations. — Je ne saurais vous comprendre! — Je ne puis alors vous définir! Abel, soyez aussi fort qu'une faible bergère : Marie triomphera d'un amour avoué; sachez vaincre un sentiment encore secret. — Abel comprit parfaitement ce que Zélie voulait lui faire entendre, mais il n'en fut pas moins empressé près d'Elvire. Il n'avait eu d'abord pour cette angélique orpheline qu'une sorte de compassion, qui plus tard se changea en un intérêt plus vif, et qui se traduisit enfin en un sentiment d'amour qu'il ne tarda pas à avouer à ses pieds. Elvire attendait cet aveu sans le redouter; elle parut même l'entendre avec complaisance; et dès ce jour notre amoureux put croire que ses feux étaient partagés. Pour lui, quel jour de bonheur! mais hélas! ce jour fut sans lendemain.

Le soir même de ce doux entretien d'amour, Zélie aborda Abel d'un air de tristesse sévère, et lui dit : « Malgré l'expérience du passé, vous êtes encore coupable par faiblesse : n'êtes-vous donc né que pour le malheur de ceux qui vous aiment? — Qu'entends-je? — Abel, aujourd'hui je saurai me faire comprendre. L'amitié voulut vous préserver d'un amour malheureux, qu'alors vous pouviez étouffer dans votre âme, mais l'amitié ne put rien sur votre cœur; vous avez marché sans elle, et vous vous êtes égaré : Marie est vengée! Sans le savoir, vous êtes aussi loin d'Elvire que la simple bergère semblait loin de vous. Si les infortunes d'Elvire et les vôtres, plus grandes encore, ont dû se rencontrer, plaise au ciel qu'elles ne s'unissent point! car, en supposant que vous veuillez tout devoir à l'amour d'une femme, si ce qu'elle possède ne pouvait suffire à deux, vous seriez malheureux de son malheur!» A ce premier coup de foudre, Zélie en ajouta un second, en déroulant aux yeux d'Abel l'état réel de la fortune de ses parents; ce n'était plus qu'une trompeuse apparence de prospérité. « Voulez-vous être digne d'Elvire? continua-t-elle: sachez, avant tout, vous faire un sort en rapport avec votre naissance. » Le cœur du pauvre Abel était gros de soupirs. « Que faut-il faire? dit-il enfin. — Il faudrait renoncer à votre amour, s'il dépendait de l'homme d'aimer ou de n'aimer pas; mais il est un sacrifice que vous pouvez faire, et sans lequel vous ne seriez pas digne d'être aimé : c'est de renoncer à entretenir Elvire de vos feux. — Eh bien! dit Abel, ce sacrifice est déjà fait dans mon cœur! puisse-t-il au moins contribuer au bonheur de celle en qui j'avais placé mes espérances de félicité pour la terre! «Alors, Zélie, cette âme forte, fut profondément attendrie; on l'entendit prononcer ces mots en s'éloignant d'Abel : «Pourquoi tant de malheurs avec tant de vertus? pauvre jeune homme!!... »

Ah! que les nuits sont longues quand elles appartiennent à la douleur! qu'elle fut triste pour Abel, celle dont la pensée fut l'oubli de son amie! Cependant tout passe dans la vie, les jours de plaisir et les tristes nuits. Déjà l'astre éclatant du jour répand sa chaleur bienfaisante sur la nature assoupie; à ses premiers rayons, comme autrefois de la statue de Memnon, un doux murmure s'échappe du feuillage frémissant des forêts; les oiseaux font entendre au loin d'harmonieux accords, et le pâtre fredonne une chanson d'amour en chassant devant lui son troupeau.

L'habitude, qu'autrefois accompagnait toujours l'espérance, est le seul guide, aujourd'hui, qui conduise Abel au château d'Yacs.

Là il retrouve les grâces et les jeux de tous les jours; rien n'y est changé si ce n'est lui, lui dont le front porte maintenant l'empreinte d'une éternelle mélancolie. Là il reverra bientôt l'objet d'un funeste amour ; là renaîtront ses tristes rêveries, mais il n'y aura plus de félicité pour lui. Cependant, à l'aspect d'Elvire, un instant elle occupe toute sa pensée; mais Zélie veille sur lui; rien n'échappe à cette femme supérieure. Elle a lu dans l'âme d'Abel: c'est pourquoi elle lui dit tout bas : « N'oubliez pas le sacrifice fait, ou du moins, promis. » Ces paroles graves glacèrent notre jeune homme; il voulait fuir, et bientôt, pourtant, il se trouva avec Elvire, assez éloigné de tout le monde pour qu'elle seule l'entendît; mais il ne lui parla pas d'amour; à peine si un soupir vint trahir son cœur. Et vous, douce Elvire, près de votre amant, vous demeurâtes triste et pensive: un serment semblable au sien retenait-il sur vos lèvres l'expression de votre amour ?

Le lendemain de cette pénible contrainte du cœur, Zélie vint au-devant d'Abel, et lui dit : « Abel, la peine est dans les combats, le mérite est dans la victoire ; vous avez combattu et vous avez vaincu. Depuis trois jours j'ai des nouvelles de madame votre mère ; ce sont de nouveaux combats qu'elle vous annonce ; j'espère que vous saurez vous armer pour de nouvelles victoires. » A ces mots, un froid mortel circula dans les veines de notre pauvre jeune homme. Sa mère écrivait de Paris, où elle cherchait à calmer les douleurs physiques et morales de son époux; il comprit qu'un malheur, qu'elle ne lui annonçait pas directement, devait avoir quelque chose d'épouvantable pour lui : « O mon père! s'écria-t-il, il est mort, n'est-ce pas? » et Zélie, pour toute réponse, confondit ses larmes à celles de son ami. Oh! cette fois, ce n'était pas seulement au fond du cœur d'Abel qu'il y avait de la tristesse; une partie des habitants du village faisait entendre de profonds gémissements! Ce fut au milieu de cette consternation que Zélie eut assez de force pour dire à Abel : « Mon ami, maintenant que vous connaissez toute votre position; maintenant que le sort de votre famille dépend du vôtre, il faut vaincre le destin qui vous accable : à vingt ans on a de l'avenir, et la fortune a ses caprices. — Et vous me conseillez, Zélie? — De quitter un séjour où le lendemain serait trop amer en le comparant à la veille, où l'éclat du passé serait un outrage perpétuel aux misères du moment. — Où donc aller? — Paris a d'immenses ressources, et j'ai le pressentiment que là doivent finir vos peines. — Et je devrais partir? — Demain. — Demain! vous oubliez donc que je ne suis pas seul ici? — Votre frère peut rester chez vos parents, et vous avez sans doute assez de confiance en moi pour me charger du soin de votre sœur? » Abel ne répondit rien; mais il devait dans cette circonstance, comme dans toute sa vie, s'immoler à son devoir.

Le lendemain, à peine le soleil dorait l'horizon, Abel, à genoux dans l'église d'Yacs, répétait tout bas ces mots que chantaient en chœur trois enfants du village : *Souvenez-vous, ô doux Jésus! que c'est pour le salut des hommes que vous êtes descendu sur la terre. Ne condamnez pas celui que je pleure aujourd'hui devant vous; vous vous êtes fatigué en le cherchant; que tant de travaux ne soient pas perdus pour lui. O Jésus plein de miséricorde, pardonnez-lui ses offenses, et donnez-lui le repos éternel!* Et le prêtre répétait au pied de l'autel : *Oui, Seigneur, donnez-lui le repos éternel!* Et en même temps il offrait à Dieu le sang répandu sur le Calvaire pour la rémission des péchés des hommes.

De l'asile des prières, Abel alla au château d'Yacs; pour lui, c'était encore un lieu de consolations. Il se présenta d'abord à la dame châtelaine, et lui dit en lui montrant un enfant de cinq ans qu'il conduisait par la main. « Daignerez-vous, madame, permettre à notre chère Zélie de prendre soin, pour quelque temps, d'une enfant qui, dans ce moment, n'a que moi, et que je dois quitter dans une heure? — Mon ami, répondit cette bonne dame, ma fille sera sa sœur, et moi je serai sa mère. Ainsi, vous pouvez partir; et si mes vœux étaient entendus du ciel, vous ne seriez pas long-temps malheureux.

De l'appartement de madame d'Yacs, Abel passa dans celui de son mari. A peine y était-il entré que le noble vieillard lui adressa avec bonté ces paroles : « Je sais, Abel, que vous allez nous quitter: puisse, loin de nous, votre bonheur égaler les regrets qui naîtront ici de votre absence! Permettez, mon jeune ami, quelques conseils à un vieillard qui vous estime trop pour ne pas vous aimer. A votre âge j'étais, comme vous, ardent et sensible, mais moins sage. Puisse votre sagesse ne pas faillir dans la société pervertie où vous allez entrer. Si vous devez y aimer, et que l'estime de l'objet de vos vœux, que l'estime de vous-même vous soit chère, soyez chaste en vos amours. Gardez-vous de croire qu'il n'est de passions que pour votre âge! ces tyrans grandissent avec nous, et ne vieillissent point : les orages de la jeunesse ne sont que les précurseurs des tempêtes de l'avenir. — Qui donc pourra vaincre, dit Abel, si les souffrances de mon cœur, si les violences de mon âme, si le sentiment intime dont je ne triomphe qu'en apparence, ne sont que jeux d'enfants? — Celui-là seul, mon ami, qui, connaissant sa faiblesse, veille et prie. Dieu permettra qu'il ne s'attache qu'à ce qui est beau et noble; il respectera ce qui est pur, fuira ce qui est souillé; et quels que soient ses destins, il portera sans crainte ses regards vers le ciel, parce qu'il sera sans reproche! — C'est sans doute une satisfaction : cependant je voudrais ignorer le principe qui la procure. Amour est un triste don fait au malheur : c'est toujours un tourment; quelquefois c'est un remords; et, pour qu'il soit une vertu, il faut l'étouffer dans son cœur !—Mon ami, prenez garde que votre douleur ne vous égare. Amour n'est pas une fatalité qui doit nous rendre malheureux ou coupables; Dieu ne maudit pas le sentiment, mais le péché. Adieu, mon ami; c'est à Dieu que je vous recommande ; jamais je ne vous oublierai devant lui; quand vous l'invoquerez, pensez à moi ! » Il était temps qu'Abel quittât le château d'Yacs ; encore un adieu comme ceux qu'il venait d'entendre, et il ne partait plus. Amis et parents, comprenez son courage, et sachez-lui gré de sa tendre affection pour vous !

Il est loin déjà de l'antique cité que baignent les flots tranquilles du Doubs, le char qui emporte Abel ; son sacrifice est consommé. Bientôt il voit les champs qu'arrose la Seine ; bientôt il arrive dans la cité où il pense trouver le bonheur. Là il voit encore des larmes ! il y en a dans les yeux, il y en a jusque dans la voix d'une femme qui le presse sur son cœur, et dont le sein l'a nourri : la perte de son époux a détruit toutes les joies de sa vie ! et son fils n'essuiera pas long-temps ses larmes, car l'intérêt de ses enfants appelle la pauvre veuve au pays de ses aïeux.

Voilà donc notre jeune homme au sein de la grande cité comme dans une vaste solitude. Au lieu des tendres âmes avec lesquelles naguère s'écoulait sa vie, il ne voit que des hommes sans félicité, parce qu'ils sont sans foi ; sans consolation pour le malheur, parce qu'ils sont sans espoir dans l'avenir. Là, notre candide jeune homme apprit qu'il devait tout voir et tout entendre sans rien dire ; tout sentir sans apparence d'émotion ; tout souffrir sans se plaindre ; mourir, il faut le dire, sans avoir vécu : ce n'est pas vivre que passer des jours d'égoïsme, froids comme le marbre et tristes comme la nuit!

Ce monde nouveau pour Abel, loin de détruire son chagrin, semblait augmenter le poids de sa douleur; car il n'était pas de ces enfants qui perdent promptement, dans une compagnie folâtre, le souvenir du vrai bonheur et l'image de ceux qui les aiment. Mais le Dieu qui afflige est aussi le Dieu qui console. Au milieu de la société corrompue de Paris est une société chrétienne, dont la félicité est dans la bienfaisance. Le père de notre jeune homme avait laissé, pour veiller sur son fils, deux amis qui appartenaient à cette portion sainte de la grande cité; ce furent eux qui l'aidèrent à former une maison de commerce, qu'ils contribuèrent à rendre prospère. Abel vit renaître alors l'espérance, et avec elle la pensée d'Elvire. Cependant, craignant de ne pouvoir assurer le bonheur de l'objet de sa flamme, souvent il se promettait de l'oublier et de ne point aimer ailleurs. C'est pour cela qu'il redoutait tout à la fois, et le monde, et les pensées secrètes de son cœur : étrange destinée d'une âme sensible!

Cependant les affaires commerciales d'Abel prospéraient. Mais une révolution éclata sur Paris, ébranla la société jusque dans sa base, et menaça de nouveau l'existence de notre malheureux jeune homme. Ce fut alors que ses amis lui dirent : « Abel, dans les temps de révolution l'existence d'un commerçant est sur un volcan; il faut, en vous mariant, vous mettre à l'abri des chances incertaines de l'avenir. »

Abel réfléchissait tristement à ces conseils; puis il disait : « Me marier. . . . . . avec qui? la famille où j'entrerai m'évaluera sans doute juste autant qu'elle croira que je possède d'argent. Me marier... sans aimer? sans être aimé? ah! que les flambeaux d'hymen restent éteints si ce n'est l'amour qui les allume! Mon Dieu ! guidez mon cœur, éclairez mon esprit !

Un an s'écoula, et l'autel fut enfin paré pour recevoir le serment qui devait fixer les destinées d'Abel : il jura amour et fidélité à celle qu'il épousait, et qui fut digne de lui.

Abel quitta les affaires jeune encore : il faut peu à celui qui n'eut rien. Il alla chercher la paix et sauver ce qui lui restait d'illusions dans un modeste hameau, où il partagea ses jours entre sa femme et son fils. Puis il voulut revoir le séjour de son enfance. Il retrouva au château d'Yacs, Zélie, qui, supportant avec peine des jours languissants, pleurait la mort prématurée de son époux ; Elvire, qui était libre encore. Il pressa l'une et l'autre sur son cœur, et demanda à voir Marie. — Vous voudriez la voir? dit Zélie. — Oui ; je veux imprimer un baiser sur son front! je veux lui dire : Marie, te souvient-il de notre enfance? te souvient-il de nos amours? tu rougis? Ah! si l'un de nous a des reproches à se faire, ce ne peut être que moi ; et si quelques vertus m'honorent, il en est que je te dois ! — Abel, reprit Zélie, vous ne lui direz rien de tout cela. Vous le savez, Marie a souffert comme amante; depuis, elle a souffert comme épouse et comme mère; puis Dieu a eu pitié d'elle: elle est au ciel ! — Alors Zélie et Elvire virent bien que les yeux d'Abel cherchaient la pauvre Marie là où l'on venait de lui dire qu'elle était allée; elles virent bien aussi qu'il priait pour elle; mais elles ne comprirent pas l'étendue de sa douleur.

FIN.

Lecteur, que direz-vous de ce petit récit? C'est un conte, un roman, une histoire dont le héros est peut-être l'auteur Je vous laisse avec vos conjectures, et garde le secret de ces quelques pages. Puissiez-vous les lire avec intérêt, et aimer comme Abel aima!

NOTES.

1. *Mondanisant* (mondaniser, v. a.; se mondaniser, v. pron.), *laudatives* (laudatif, ive, adj. q.). Je n'ai vu ces mots ni dans nos dictionnaires ni dans nos auteurs. J'ai cru néanmoins pouvoir les employer : se mondanisant, pour devenant mondain; laudatives, pour louangeuses.

2. « Une jeune fille, assise sur un rocher, attendait la marée mon-
» tante pour mourir : Les flots allaient l'entraîner, quand des pê-
» cheurs l'arrachèrent à une mort certaine. » Tel est, à peu près, le récit qui me donna l'idée de cette pièce. Je devais suivre la jeune Ethelgive sous le toit paternel; retracer la cause de son désespoir : donner à son repentir quelques paroles *laudatives*[1], etc., mais cette fois encore, le temps m'a manqué.

3. *Chauffe-toi, pauvre vieux*, etc. Voir un petit tableau d'intérieur, intitulé : LE VIEUX GARÇON, faisant partie de la collection éditée par le journal L'ARTISTE.

4. Quand je composai ces vers, je demeurais près de l'Observatoire.

5. J'avais d'abord écrit :

Les astres boivent la lumière,
Et moi, je ris de l'Alcoran.

Cela était plus poétique, mais le premier vers du refrain étant masculin, j'ai dû finir ma strophe par un vers féminin, afin de ne point pécher contre les règles de la versification.

6. L'Écriture sainte attribue à Nemrod, fils de Chus et petit-fils de Cham, la fondation des villes de Ninive et Babylone ; cependant il n'y a certitude que pour cette dernière.

Nabopolassar, général de la province de Babylone, sous Saracus, dernier roi des Assyriens tant de Ninive que de Babylone, se révolta contre son souverain, et aidé de Cyaxare, roi des Mèdes, tua Saracus, ruina Ninive de fond en comble, et fonda le troisième empire de Babylone (926 ans avant J.-C.).

7. Depuis la prise de Samarie, qui fut la destruction du royaume d'Israël par Salmanasar, roi de Ninive, l'an du monde 3283, cent quinze ans avant que Daniel et ses compagnons fussent conduits à Babylone, les Juifs, à quelque tribu qu'ils aient appartenu, ont été généralement appelés Israélites ; c'est en ce sens qu'en parlant des trois jeunes Hébreux qui furent jetés dans la fournaise pour avoir refusé leurs adorations à la statue d'or élevée par ordre de Nabuchodonosor, je dis Azarias issu des princes d'Israël ; il était, ainsi que Daniel, Ananias et Misaël, enfant de Juda.

Les commentateurs de Daniel pensent que ce prophète et ses trois compagnons, s'ils n'étaient du sang royal, appartenaient du moins aux premières familles de Jérusalem. Il me semble que l'on peut conclure, d'après le texte même de l'Écriture, que Daniel et Azarias étaient peut-être d'une égale naissance, mais que celui-ci était probablement d'un rang plus élevé qu'Ananias et Misaël. Dans le récit de Daniel, on le trouve souvent plus en évidence que ses compagnons. C'est lui qui, du milieu des flammes, éleva la voix pour prier au nom de la nation juive (*Daniel*, chap. 3, v. 25) ; et on lit au même chapitre, v. 49 : « Or l'ange du Seigneur était descendu vers *Azarias* et ses compagnons. »

8 et 9. Ces deux strophes semblent contradictoires. Elles ne le seront pas pour ceux qui, comme moi, pensent que si l'amour peut être chaste entre amants, il n'est complétement irréprochable qu'entre époux.

9 *bis*. Glossaire de quelques mots des pages 68 et 69.

Ez ou *ainz*, mais ; *moult*, beaucoup ; *duizant*, charmant ; *cil*, celui ; *jà*, déjà ; *prou*, assez.

11 et 12. Voir NOTRE-DAME DE PARIS et les FEUILLES D'AUTOMNE, par M. V. Hugo.

13. J'ai composé cette pièce à l'époque du choléra.

14. J'ai peint Byron tel qu'on le représente ordinairement ; avec le caractère que lui ont donné quelques prétendus dévots, afin de le noircir, et quelques impies, afin de l'employer à leur œuvre de destruction, celui d'un athée. Cependant je le juge autrement. Il flottait dans le doute ; et c'est là ce qui m'explique ces sublimes bourrasques de bien et de mal : il faisait souvent triompher le vice, et pourtant il aimait la justice.

FIN DES NOTES.

TABLE.

CHANTS D'AMOUR.

LES EXILÉS.

MÉLANGES EN PROSE.

FIN DE LA TABLE

www.ingramcontent.com/pod-product-compliance
Ingram Content Group UK Ltd.
Pitfield, Milton Keynes, MK11 3LW, UK
UKHW021107220726
13924UKWH00004B/1552